NIGHT WORLD

L. J. Smith

NIGHT WORLD

Tome 5 : L'Élue

Traduit de l'anglais (États-Unis)
par Isabelle Saint-Martin

Michel Lafon

Déjà parus :

Night World, tome 1 : *Le secret du vampire*
Night World, tome 2 : *Les sœurs des ténèbres*
Night World, tome 3 : *Ensorceleuse*
Night World, tome 4 : *Ange noir*

À paraître

Night World, tome 6 : *Âme Sœur*

Titre original : *The Chosen*

7-13, boulevard Paul-Émile-Victor – Île de la Jatte
92521 Neuilly-sur-Seine Cedex
www.michel-lafon.com

NIGHT WORLD

JAMAIS IL N'A ÉTÉ AUSSI DANGEREUX D'AIMER

Le Night World ne se limite pas à un endroit précis. Il nous entoure. Aux yeux des humains, les créatures du Night World sont belles, mortelles et irrésistibles. Un ami proche pourrait en faire partie – la personne que vous aimez aussi.

Les lois du Night World sont très claires : sous aucun prétexte son existence ne doit être révélée à qui que ce soit d'extérieur. Et ses membres ne doivent pas tomber amoureux d'un individu de la race humaine. Sous peine de conséquences terrifiantes.

Voici le récit de ce qui arrive à ceux qui enfreignent ces lois.

1

Cela se produisit à l'anniversaire de Rashel, le jour de ses cinq ans.

– Maman, on peut monter dans les tunnels ?

La fête avait lieu au cœur d'un parc d'attractions pour enfants, et la fillette n'avait jamais vu de si hauts tunnels ni de si grands toboggans. Sa mère sourit.

– Si tu veux, chaton, mais fais attention à Timmy, il n'est pas aussi agile que toi.

Ce furent les dernières paroles qu'elles échangèrent.

Paroles inutiles, au demeurant, car Rashel faisait toujours attention à Timmy. Les cheveux noirs en bataille, les yeux bleus, il n'avait qu'un mois de moins qu'elle, et pourtant il n'était même pas encore inscrit à la maternelle. Chaque fois qu'on lui adressait la parole, il répondait par un adorable sourire. Rashel aussi avait les cheveux noirs. En revanche, ses yeux étaient verts – comme des émeraudes, disait toujours sa maman. Comme ceux d'un chat.

Tout en gravissant des tunnels, elle surveillait le petit garçon sans relâche, et lorsqu'ils attaquèrent un escalier revêtu d'un vinyle horriblement glissant, elle lui tendit la main pour l'aider.

Mais elle le lâcha dès qu'elle fut parvenue au sommet, en dépit de l'expression pleine d'adoration de Timmy.

Elle se dirigeait vers la toile d'araignée, une grande structure entièrement bâtie de cordes et de filets. Chaque fois que Rashel jetait un coup d'œil par les hublots, elle voyait sa mère qui lui adressait des signes depuis l'extérieur. Et puis une autre mère venait parler à la sienne, alors celle-là se détournait. Les parents semblaient incapables de discuter et de faire en même temps des signes de la main.

Pour le moment, l'important était de progresser dans ces tunnels, qui exhalaient des odeurs de plastique et de vieille chaussette. Elle se sentait comme un lapin dans un terrier. Et ne quittait toujours pas Timmy des yeux, jusqu'au moment où ils arrivèrent au pied de la toile d'araignée, au fond de la structure. Aucun autre enfant dans les parages, pas un bruit… Suspendue juste devant Rashel, une corde à nœuds blanche menait au sommet de cette toile.

– Reste là une minute, je vais grimper pour te dire comment il faut faire.

C'était un peu une provocation, car elle ne croyait pas Timmy capable de la suivre. Mais s'il fallait l'attendre, ni l'un ni l'autre ne monterait jamais.

– Non, rétorqua-t-il, la voix teintée d'un rien d'anxiété. Vas-y sans moi.

– J'en ai pour une seconde, assura-t-elle.

Sachant très bien de quoi il avait peur, elle ajouta :

– Ici, les grands ne viendront pas te pousser.

Comme Timmy paraissait encore hésiter, Rashel ajouta d'un ton catégorique :

– Et tu voudras de la glace quand on rentrera chez moi, non ?

Ce n'était même pas une technique de manipulation voilée.

– D'accord, finit-il par soupirer. J'attends.

Ce furent les derniers mots que Rashel l'entendit prononcer.

Elle monta à la corde et trouva l'exercice encore plus dur qu'elle ne l'avait imaginé. Mais là-haut, elle ressentit une impression extraordinaire. Le monde entier n'était plus qu'une masse grelottante. Elle devait s'accrocher des deux mains pour garder l'équilibre et crisper ses pieds sur les câbles instables. Elle percevait l'air et le soleil. Folle de joie, elle éclata de rire, puis se trémoussa au spectacle des tubes de plastique multicolores autour d'elle.

En bas, Timmy avait disparu.

Elle sentit son cœur se serrer. Il devait être là. Il avait promis.

Seulement, il n'y était pas. De son poste, elle dominait toute la salle capitonnée sous la toile d'araignée, et il n'y avait plus personne.

Bon, il avait dû retourner dans les tunnels. Rashel rebroussa chemin en oscillant, se balançant d'une poignée à l'autre, descendit en hâte la corde à nœuds, puis fourra sa tête dans un tunnel, clignant des yeux pour s'habituer à l'obscurité.

– Timmy ?

Sa voix ne reçut que son propre écho ; rien ne semblait bouger.

– Timmy !

Prise d'un mauvais pressentiment, elle crut entendre sa mère lui répéter *Fais attention à Timmy*. Mais elle n'en avait rien fait. Il pouvait être n'importe où maintenant, perdu quelque part dans cette structure géante, en larmes, harcelé par des garçons plus grands... Peut-être même prêt à tout raconter à sa mère.

Ce fut alors qu'elle aperçut le trou dans la pièce capitonnée.

Juste assez grand pour un petit de quatre ans ou une fluette d'à peine cinq ans. Un espace qui menait à l'extérieur, entre deux rembourrages de murs. Rashel sut immédiatement que Timmy était passé par là. C'était bien son genre d'emprunter la sortie la plus directe. Il devait avoir déjà rejoint sa mère.

Rashel était une fluette d'à peine cinq ans. Elle se glissa dans l'ouverture sans hésiter. Et se retrouva dehors, essoufflée dans l'atmosphère poussiéreuse.

Elle allait filer vers l'avant de la structure, quand elle vit bouger une portière de toile.

C'était celle d'un chapiteau à rayures rouges et jaunes, aux couleurs plus voyantes encore que celles des tunnels. La toile voletait dans la brise, autrement dit, n'importe qui pouvait la soulever pour entrer.

Timmy n'aurait certainement pas fait ça, songea-t-elle. Elle avait cependant un drôle de pressentiment.

Je n'ai pas peur, se dit-elle en passant la tête à l'intérieur. Ça sentait la poussière et le pop-corn.

Dans le noir, elle ne distingua pas grand-chose ; en revanche d'étranges odeurs envahissaient tous ses sens ; elle avança de plus en plus jusqu'à se retrouver sous la tente. À mesure que ses yeux s'habituaient à l'obscurité, elle se rendit compte qu'elle n'était pas seule.

Un homme de haute taille, presque un géant, se tenait devant elle, en long pardessus malgré la chaleur qui régnait au dehors. Il ne parut pas la remarquer, trop absorbé par ce qu'il portait dans ses bras.

Soudain, Rashel comprit que les adultes mentaient quand ils disaient que les ogres, les monstres et autres créatures des livres de contes de fées n'existaient pas.

Celui-là était en train de dévorer Timmy.

2

Il le mangeait, ou tout au moins lui faisait quelque chose avec ses dents, le déchirait, lui suçait le sang avec les mêmes bruits que Pal quand il dévorait sa pâtée.

Un instant, Rashel en demeura pétrifiée, comme si le monde venait de se métamorphoser en une sorte de délire. Et puis elle entendit un hurlement, sa gorge la brûla, et elle comprit que c'était elle qui avait crié.

Le géant baissa la tête vers elle. La regarda.

Elle sut alors que ce visage allait lui donner des cauchemars pour le restant de ses jours.

Non qu'il ait été laid. Mais il avait les cheveux rouge sang, les yeux qui scintillaient d'un or animal. Jamais elle n'avait vu de tels reflets dans ceux d'un homme.

Elle prit ses jambes à son cou. Ce n'était pas bien d'abandonner Timmy, mais elle avait trop peur.

Comme un vrai bébé. Tant pis. Elle criait encore en soulevant le rabat de la tente, puis détala.

Enfin, presque. Elle avait déjà sorti la tête et les épaules et voyait les tunnels de plastique rouge au-dessus d'elle ; c'est alors qu'une main s'abattit sur son tee-shirt. Une grosse main puissante qui l'arrêtait en plein mouvement. Elle se retrouva aussi désarmée qu'un chaton qui vient de naître.

Tandis qu'on la ramenait sous la tente, elle aperçut sa mère qui arrivait au coin de la structure. Elle avait entendu les cris de Rashel. Les yeux écarquillés, la bouche ouverte, elle fonçait pour la sauver.

– Mamaaaaannnn !

Le géant jeta la fillette dans un coin comme une boule de papier froissé. Elle tomba durement sur le sol et sa jambe lui fit si mal qu'elle aurait dû pleurer. Là, pourtant, elle y fit tout juste attention. Elle ne voyait que Timmy, affalé à côté d'elle.

Il avait l'air bizarre, le corps comme une poupée de chiffon, les bras et les jambes tout flasques, la peau livide, les yeux fixés vers le sommet du chapiteau.

Deux trous ensanglantés maculaient sa gorge.

Rashel poussa un gémissement. Elle avait trop peur pour crier davantage. Un rai de lumière attira son attention et elle vit apparaître sa maman qui soulevait la tenture, entrant à sa recherche.

Ce fut là que le pire arriva. Le pire, le plus bizarre, ce que la police ne voulut jamais croire lorsque Rashel le rapporta par la suite.

Sa mère venait de l'apercevoir et allait lui dire quelque chose... mais la voix qui sortit de sa gorge n'avait rien de celle de sa maman.

D'ailleurs, ce n'était pas une voix audible. Elle résonnait à l'intérieur de sa tête.

Attends ! Ne t'inquiète pas. Il faut juste rester tranquille.

Cela venait du géant, même si sa bouche ne remuait pas. Sa mère aussi le dévisageait et son expression changeait, se détendait... s'abêtissait. Maman ne bougeait plus d'un pouce.

Et là, il la frappa une fois, sous l'oreille ; elle tomba en avant, la tête penchée comme une poupée cassée, et ses cheveux longs s'étalèrent dans la poussière.

Rashel avait de plus en plus l'impression d'évoluer dans un mauvais rêve. Sa mère était morte. Timmy était mort. Et le géant la regardait.

Tout va bien, dit la voix dans sa tête. *Tu n'as pas peur. Tu as envie de venir ici.*

Attirée malgré elle, Rashel ne pouvait s'empêcher d'approcher, de se sentir rassurée, de ne plus avoir peur, d'oublier sa mère. Soudain, elle distingua un reflet affamé dans le regard doré du géant et se rappela d'un seul coup ce qu'il voulait lui faire.

Pas moi !

Sautant de côté, elle bondit de nouveau vers la portière.

Cette fois, elle parvint à sortir. Et se jeta dans le trou qui menait au tunnel.

Jamais elle n'avait réfléchi comme elle le faisait maintenant. La Rashel qui avait vu sa maman tomber était enfermée dans un coin de son âme et pleurait. C'était une autre Rashel qui se faufilait désespérément à travers les cordages de la toile d'araignée, une Rashel intelligente qui savait que ce n'était pas la peine de pleurer, parce que plus personne ne viendrait à son aide de toute façon. Maman ne pouvait plus la sauver, il lui fallait compter uniquement sur elle-même.

Elle sentit une main lui attraper la cheville, presque assez fort pour lui écraser les os, la secouer pour la faire revenir à travers le trou. Se débattant de toutes ses forces, elle tourna brusquement et ce fut sa chaussette qui s'en alla, tandis qu'elle parvenait à se libérer la jambe.

Reviens ! Il faut revenir tout de suite !

La voix résonnait comme celle d'un professeur. Difficile de ne pas l'écouter. Cependant, Rashel détalait dans le tunnel de plastique, jamais elle n'était allée aussi vite, se blessant les genoux, se propulsant sur son pied nu.

Par le premier hublot, elle aperçut un visage qui la regardait.

Le géant tapa dans le plastique alors qu'elle passait devant.

La peur lui fit l'effet d'un coup de fouet, elle n'en avança que plus vite et les claques sur la paroi du tunnel suivirent sa progression.

Il se trouvait en dessous, maintenant, l'accompagnait. Elle le vit par le hublot suivant, ses cheveux brillant dans le soleil, sa face blême qui la scrutait.

Et ses yeux.

Redescends, disait la voix soudain animée, presque doucereuse. *Descends, on va t'acheter des glaces. Quel est ton parfum préféré ?*

Rashel savait que c'était ainsi qu'il avait attiré Timmy dans la tente. Elle ne ralentit même pas.

Pourtant, elle n'arrivait pas à se débarrasser de lui. Il progressait en même temps, attendant le moment de la voir sortir et de s'emparer d'elle.

Il faut que je grimpe plus haut.

Elle se déplaçait instinctivement, comme si un sixième sens lui dictait sa direction chaque fois qu'elle devait choisir. Elle traversa des tunnels à angle droit, des tunnels en pente, d'autres qui se dérobaient sous ses pas car ils étaient tressés comme des résilles, et finit par aboutir au sommet de la structure. Elle ne pourrait grimper davantage.

C'était une pièce carrée au sol capitonné et aux parois tapissées de filets, où s'agitaient des parents assis ou debout qui surveillaient leurs enfants. Elle sentit un courant d'air frais.

Juste en dessous d'elle se tenait le géant.

Brownie au chocolat ? Bonbon à la menthe ? Chewing-gum ?

La voix lui envoyait des images, des goûts. Rashel cherchait désespérément une issue du regard.

Il y avait tellement de bruit, les enfants escaladaient la structure en poussant des cris stridents. Qui remarquerait les siens ? On la croirait en train de s'amuser.

Tu n'as qu'à redescendre. Tu sais bien que tu devras finir par descendre.

Dans le visage blême levé vers elle, les yeux ne formaient plus que de sombres cavités où brillaient de furtifs éclairs. Voraces. Patients. Assurés.

Il savait qu'il allait l'attraper.

Il allait gagner. Elle ne pourrait lui résister.

Soudain, quelque chose s'ouvrit en elle et Rashel fit la seule chose que pouvait faire une enfant de cinq ans contre un adulte.

Elle glissa le bras entre les cordages rugueux, s'égratignant au passage, et le tendit vers le géant.

Et puis elle se mit à hurler comme elle n'avait jamais hurlé, des vociférations tellement stridentes qu'elles en perturbèrent les exclamations des enfants. Elle criait comme le lui avait recommandé Mme Bruce à l'école, si un inconnu venait à l'embêter.

– Au secooouuurs ! Au secooouuurs ! Cet homme a voulu me toucher !

Et d'insister, pointant le géant du doigt, alors que les gens levaient la tête vers elle.

Cependant, ils ne dirent rien, se contentant de la regarder, immobiles.

Dans un sens, ce fut pire que ce qui s'était passé auparavant. Ils avaient beau l'entendre, personne ne lui venait à l'aide.

Jusqu'à ce que quelqu'un se bouge.

C'était un grand garçon, pas encore un adulte, l'air sombre et furieux. Alors, comme pour suivre son exemple, d'autres hommes s'activèrent, sans doute des papas, ainsi qu'une femme qui allumait son téléphone portable.

Le géant partit en courant.

Il plongea sous la structure, se dirigea vers le fond, en direction de la tente où était restée la mère de Rashel. Il allait beaucoup plus vite que n'importe qui dans cette foule.

Néanmoins, il envoya un petit message mental à Rashel avant de disparaître totalement : *on se reverra.*

Quand il eut disparu, elle s'appuya au filet, sentit le cordage lui attaquer la joue. En dessous, les gens l'interpellaient et, derrière elle, des enfants murmuraient. Mais tout cela n'avait plus grande importance.

Maintenant, elle pouvait pleurer ; elle en avait le droit, mais c'était comme s'il ne lui restait plus de larmes.

La police ne servit à rien. Deux agents étaient arrivés, un homme et une femme ; cette dernière, au moins, écouta un peu ce que disait Rashel, mais chaque fois que ses yeux semblaient l'approuver, elle secouait la tête en disant :

– Attends, qu'est-ce que cet homme faisait vraiment à Timmy ? Ma chérie, je sais que c'est affreux, mais il faut essayer de te souvenir.

Quant à l'homme, il ne la crut pas un instant. Rashel les eût volontiers échangés contre le gardien en bois qui surveillait la fête.

Tout ce qu'on retrouva sous la tente fut le corps de sa mère, la nuque brisée. Pas de Timmy. Sans pouvoir l'affirmer, Rashel aurait parié que c'était le géant qui l'avait emporté.

Et elle préférait ne pas se demander pourquoi.

Finalement, la police l'emmena chez sa tante Corinne, dernier membre de la famille qui lui restait. Tante Corinne était vieille et ses mains osseuses blessèrent les petits bras de Rashel lorsqu'elle la serra contre elle pour pleurer.

Elle l'installa dans une chambre aux drôles d'odeurs, et voulut lui donner un médicament pour la faire dormir. Ça ressemblait à du sirop, mais ça engourdissait la langue. Rashel attendit que sa tante soit partie et le recracha dans ses mains, qu'elle essuya sur les draps. Elle s'assit, les bras autour de ses genoux et se mit à scruter l'obscurité.

Elle était trop petite, trop faible. C'était ça l'ennui. Elle ne pourrait rien faire contre ce géant quand il reviendrait.

Car, bien sûr, il allait revenir.

Elle savait très bien à qui elle avait affaire, même si les adultes ne la croyaient pas. C'était un vampire, comme à la télé. Un monstre buveur de sang. Et il savait qu'elle savait.

Voilà pourquoi il avait promis qu'ils se reverraient.

À la fin, lorsque tout fut calme dans la maison, Rashel alla sur la pointe des pieds ouvrir le placard. Elle y grimpa, étagère après étagère, et s'y enfila tant bien que mal jusqu'à se retrouver au dernier étage, parmi les vêtements. Ça ne faisait pas beaucoup de place, mais ce serait suffisant. L'un des avantages d'être petite.

Elle devait utiliser chacun de ses avantages.

S'aidant de son pied, elle tira la porte vers l'intérieur et ferma, puis empila les pulls devant elle, se couvrant jusqu'à la tête. À ce moment-là seulement, elle s'autorisa à fermer enfin les yeux.

Au milieu de la nuit, sentant une odeur de fumée, elle descendit de son étagère, ou plutôt la dévala, et vit des flammes dans sa chambre.

Elle ne sut jamais comment elle avait réussi à les traverser. Tout cette nuit ne ressemblait plus qu'à un long cauchemar flou.

Car tante Corinne ne s'en sortit pas. Lorsque les pompiers arrivèrent, toutes sirènes hurlantes, c'était déjà trop tard.

Rashel avait beau savoir que c'était *lui*, le vampire, qui avait mis le feu, la police ne la crut pas. Ils ne comprenaient pas pourquoi le géant tenait tant à la tuer.

Au petit matin, on l'emmena dans une famille d'accueil, la première d'une longue liste. Elle y fut bien reçue, mais refusa de se laisser consoler.

Elle savait déjà ce qu'il lui restait à faire.

Si elle survivait, elle devrait devenir forte et tenace. Plus question de se laisser cajoler par quiconque, ni de faire confiance à qui que ce soit ni de compter sur personne. Car personne ne pouvait la protéger. Même sa maman n'y était pas arrivée.

Elle seule le pouvait. Elle allait devoir apprendre à se battre.

3

Bon sang, ça puait trop !

À dix-sept ans, Rashel Jordan avait vu beaucoup de tanières de vampires, mais celle-ci devait être la plus dégoûtante de toutes. Elle retint sa respiration en remuant du bout de sa botte le tas de chiffons sales. On en lisait l'histoire aussi sûrement que si l'habitant avait rédigé sa confession, signé et affiché le message sur le mur.

Un vampire. Un solitaire, un exclu qui vivait à la limite du monde des humains et du Night World. Il devait changer de ville toutes les deux ou trois semaines pour ne pas se faire prendre. Sans doute ressemblait-il à n'importe quel SDF, à cette différence près qu'aucun SDF humain ne traînerait sur un quai de Boston un mardi soir au début de mars.

Il ramène ses victimes ici, songea Rashel. *La jetée est déserte, il se sent chez lui, il peut prendre son temps.*

Et, bien entendu, il ne peut résister à la tentation de garder quelques trophées.

Du pied, elle les déplaçait doucement : un vêtement de bébé tricoté, rose et bleu, une écharpe écossaise provenant d'un uniforme scolaire, une tennis Spiderman...

Tous maculés de sang. Tous minuscules.

Il y avait eu une épidémie de disparitions d'enfants, ces derniers temps. La police de Boston ne saurait jamais où ils étaient passés, mais maintenant Rashel le savait. Elle sentit ses lèvres s'étirer sur ses dents, dans une ébauche de sourire.

Elle percevait parfaitement tout ce qui se passait autour d'elle, le doux clapotis de l'eau contre la jetée de bois, l'âcre odeur de cuivre qui envahissait presque la bouche, comme si on en mangeait, la noirceur de la nuit que n'éclairait qu'une demi-lune. Jusqu'à la légère humidité de la brise fraîche contre sa peau. Elle percevait tout, sans que rien ne la préoccupe, si bien que lorsque le petit grattement retentit derrière elle, elle se déplaça aussi doucement, aussi gracieusement que si elle se mettait à danser.

Pivotant sur son pied gauche, emportant son *bokken* dans un même mouvement ajusté, elle frappa directement la poitrine du vampire en feulant pour mieux exhaler sa force.

– Tâche d'être plus rapide la prochaine fois ! lança-t-elle.

Embroché comme un hot-dog, le vampire agita les bras en couinant. Sale des pieds à la tête, il écarquillait des yeux argentés pleins de surprise et de haine, et plus que des crocs, ses dents évoquaient des défenses, tellement longues qu'elles lui touchaient presque le menton.

– Je sais, dit Rashel, tu as très envie de me tuer. La vie est dure, pas vrai ?

Le vampire gronda une dernière fois, jusqu'à ce que ses iris perdent leur couleur pour ne conserver qu'une lueur étonnée. Son corps se raidit, puis tomba en arrière vers le sol où il atterrit inerte.

En grimaçant, Rashel lui arracha du cœur son sabre de bois, en essuya la lame sur le pantalon du cadavre qui grouillait déjà de bestioles, autant que les couvertures.

Bon, ce ne serait pas la première fois qu'elle utiliserait son propre jean.

Elle nettoya soigneusement le *bokken* : cinquante centimètres de long, gracieusement incurvé, à la pointe finement aiguisée, destinée à pénétrer un corps aussi efficacement que possible… tant que ce corps était vulnérable au bois.

Le sabre regagna son fourreau dans un bruissement de papier. Et Rashel de regarder à nouveau le corps.

Le vampire était en train de se momifier, sa peau virait à l'ocre, dure comme un cuir tanné, ses prunelles se desséchaient, ses lèvres rétrécissaient, ses défenses se détachaient.

Elle se pencha sur lui en sortant de sa poche un gratte-dos de bambou qu'elle utilisait depuis des années.

Avec une infinie précision, elle en appliqua les cinq doigts laqués sur le front du vampire. Sur la peau jaunâtre apparurent cinq marques brunes qui évoquaient les griffes d'un chat. Rien de plus facile que de marquer un vampire après sa mort.

– Ce chaton a des griffes, murmura-t-elle.

Phrase rituelle qu'elle répétait depuis qu'elle avait tué son premier vampire à l'âge de douze ans. En souvenir de sa mère qui l'avait toujours appelée « chaton ». En souvenir d'elle-même à cinq ans, de son innocence perdue alors. Jamais plus elle ne serait un innocent chaton.

En outre, le jeu de mots l'amusait. Les vampires... les chauves-souris. Elle... le chat. Quand on avait grandi entre Batman et Catwoman, ça allait de soi.

Enfin. Une bonne chose de faite. Tout en sifflotant, elle fit rouler du pied le cadavre vers le bout du quai. Elle n'avait aucune envie de trimballer cette momie jusqu'aux marécages où l'on abandonnait habituellement les morts à Boston. Tout en s'excusant mentalement auprès de ceux qui s'efforçaient de nettoyer le port, elle balança le vampire dans l'eau d'un dernier coup de pied.

Sans cesser de chantonner, elle remonta vers la rue. *Hey ho, hey ho, on rentre du boulot...*

Elle se sentait d'excellente humeur.

Une seule déception subsistait, toujours la même : celui-ci n'était pas encore *son* vampire, celui qu'elle recherchait depuis l'âge de cinq ans. Certes, elle venait de débarrasser le monde d'un dépravé solitaire, d'un monstre qui tuait des enfants d'humains. Mais ça n'était toujours pas *le sien*.

Rashel n'oublierait jamais son visage. Elle savait qu'un jour elle le reverrait. En attendant, il n'y avait rien d'autre à faire que de réduire en chiche-kebab le maximum de parasites possible.

Le long du chemin, elle inspectait les rues, sur le qui-vive, guettant le moindre signe des créatures de la nuit. Mais elle ne voyait que de paisibles immeubles de brique et des lampadaires à la lumière blafarde.

Dommage, car elle se sentait dans une forme d'enfer. La pire ennemie des suceurs de sang, prête à en affronter six avant son petit déjeuner et le cours de chimie au lycée Wassaguscus.

Au passage d'une voiture de police qui patrouillait au carrefour, elle se plaqua machinalement dans l'ombre. *Tiens, je sais : je vais aller voir si les Lancers sont aussi en chasse. Si quelqu'un sait où se cachent les vampires, c'est bien eux.*

Une demi-heure plus tard, elle arrivait devant un immeuble de grès brun et appuyait sur une sonnette.

– Qui est là ?

En guise de réponse, elle énonça :

– La nuit a mille yeux.

– Et le jour un seul, rétorqua l'interphone. Salut, jeune fille. Monte !

Elle grimpa un étroit escalier, s'arrêta devant une porte balafrée et, face à l'œilleton, dénoua son écharpe noire, soyeuse, très longue ; elle s'en enveloppait le visage comme d'un voile qui ne découvrait que ses yeux, même dans l'ombre.

Secouant la tête, elle révélait à celui qui la regardait derrière le panneau une grande fille en tenue de ninja, aux cheveux noirs et aux yeux verts, et qui faisait la grimace. Elle entendit un grand rire et les verrous grincèrent.

Elle attendit que le panneau soit refermé derrière elle pour lancer :

– Salut, Elliot !

Un peu plus âgé qu'elle, Elliot était un jeune homme mince au regard intense, sous de petites lunettes rondes qui lui retombaient sans cesse sur le nez. Elle l'avait vu, malgré ses airs de geek, affronter deux loups-garous à la fois pendant qu'elle sortait une petite fille par la fenêtre, et il avait pratiquement fondé seul les Lancers, l'un des corps de chasseurs de vampires les plus puissants de la côte Est.

– Comment ça va, Rashel ? Ça fait un bout de temps...

– J'étais pas mal occupée, mais là, ça se tasse. Je venais voir si vous aviez des trucs en cours.

Elle s'adressait à toutes les personnes présentes dans la pièce, une fille brune agenouillée en train de remplir un sac à dos. Une autre, assise à côté d'un garçon sur le canapé. Rashel reconnut ce dernier, aperçu dans d'autres réunions des Lancers, mais les filles ne lui disaient rien.

– Tu tombes bien, répliqua Elliot. Tiens, voici Vicky, mon commandant en second depuis peu.

La brune au sac à dos leva la tête.

– Elle vient d'arriver à Boston, ajouta-t-il. Elle dirigeait un groupe dans la banlieue sud. Et ce soir, elle emmène une petite expédition dans la zone des entrepôts de Mission Hill. On nous a informés qu'il y régnait une certaine activité.

– Quel genre d'activité ? Des sangsues, des louveteaux ?

– Des vampires, sûrement. Pour les loups-garous, c'est possible. Il y a eu des rumeurs au sujet d'adolescentes enlevées et séquestrées dans le coin. L'ennui, c'est qu'on ne sait pas exactement où, ni comment. Ça t'intéresse ?

– Et moi ? intervint Vicky, posant ses yeux bleu pâle sur Rashel. On ne me demande pas mon avis ? Je ne connais pas cette personne. Et si elle en faisait partie ?

Elliot remonta ses lunettes sur son nez, l'air amusé.

– Tu ne dirais pas ça si tu la connaissais, Vicky. Rashel est la meilleure.

– La meilleure en quoi ?

– En tout. À l'époque où tu fréquentais ton élégant lycée, elle écumait la zone de Chicago à la poursuite des vampires. Elle a fait ça à Los Angeles, à New York, à La Nouvelle-Orléans... même à Las Vegas. Elle a envoyé promener plus de parasites que nous tous réunis.

Avec un clin d'œil à l'adresse de Rashel, il demanda d'un ton énigmatique :

– Tu as entendu parler du Chat ?

Cette fois, Vicky réagit au quart de tour.

– Le Chat ? Celui qui fait peur à toutes les créatures de la nuit ? Celui qui est recherché contre récompense ? Celui qui laisse une marque...

Rashel jeta un regard de reproche à Elliot.

– Laisse tomber, dit-elle.

Elle n'était pas certaine de pouvoir faire confiance à ces gens. Vicky avait au moins raison sur un point : on n'était jamais trop prudent.

En même temps, elle ne l'aimait pas beaucoup, mais elle n'allait pas laisser passer une si belle occasion de reprendre la chasse aux vampires. Pas cette nuit, alors qu'elle se sentait en pleine forme.

– Je viens avec vous... si vous le voulez bien.

Les iris bleu pâle de Vicky la fixèrent un instant et elle finit par hocher la tête :

– N'oublie pas que c'est moi qui commande.

– Compris.

Du coin de l'œil, Rashel aperçut le large sourire d'Elliot.

– Tu connais Steve ? reprit-il en désignant l'athlétique garçon blond sur le canapé. Et voici Nyala.

La peau chocolat, cette dernière affichait une expression égarée, comme une somnambule.

– Nyala est nouvelle. Elle a perdu sa sœur il y a un mois.

Inutile de préciser comment celle-là était morte.

Rashel adressa un signe compatissant à la jeune fille. Rien n'était plus violent que la découverte de la réalité du Night World, lorsqu'on prenait conscience que vampires, sorcières et autres loups-garous existaient bel et bien, qu'ils étaient partout, qu'ils appartenaient à une organisation géante et secrète. Que n'importe qui pouvait en faire partie et qu'on ne s'en apercevait vraiment que lorsqu'il était trop tard.

– Tout le monde est prêt ? demanda Vicky. Alors, c'est parti !

Steve et Nyala se levèrent. Elliot leur ouvrit la porte.

– Bonne chance ! dit-il.

Une fois dehors, Vicky les emmena vers une voiture bleue aux plaques artistement camouflées par des giclées de boue.

– On va se garer à la sortie des entrepôts.

Bonne nouvelle pour Rashel. Car, si elle avait l'habitude d'arpenter les rues de la ville la nuit sans être vue, ce qui avait son importance quand on portait un sabre difficile à cacher, ce n'était sûrement pas le cas des trois autres. Cela demandait de l'entraînement.

Le trajet se déroula dans le silence, à part les murmures de Steve quand il indiquait, de temps à autre, une direction à Vicky. Ils traversèrent de respectables banlieues, de vénérables quartiers peuplés de belles demeures à l'ancienne, jusqu'au moment où, passé un carrefour, tout changea brusquement. D'un seul coup, ce fut comme s'ils venaient de franchir une frontière invisible ; les caniveaux débordaient d'ordures détrempées et les murs surmontés de barbelés longeaient des barres d'immeubles, des entrepôts et des troquets bruyants.

Vicky se gara dans un parking loin des réverbères. Elle s'engagea ensuite à travers les herbes hautes d'un terrain vague, vers une rue mal éclairée et totalement silencieuse.

– C'est un poste d'observation, murmura-t-elle.

Ils atteignirent un petit bâtiment de brique, vestige d'un projet d'urbanisation abandonné.

Ils le longèrent en zigzaguant parmi les débris de béton et de métal, se retrouvèrent devant une entrée latérale et grimpèrent un escalier sombre couvert de graffitis, pour déboucher au second étage. Éclairé par leurs seules lampes torches...

– Chouette local, souffla Nyala qui n'avait jamais rien vu de tel. Vous ne croyez pas ... qu'il pourrait y avoir d'autres gens ici, à part des vampires ?

Steve la rassura d'une petite tape.

– Non, c'est bon.

– Oui, répondit Rashel avec un rire mauvais. On dirait que même les camés l'ont abandonné.

– On voit toute la rue depuis la fenêtre, observa Vicky. Hier, avec Elliot, on a observé les entrepôts d'en face. Et dans la soirée, on a vu un type qui faisait bien penser à un vampire. Vous savez à quoi on les reconnaît.

Nyala ouvrit la bouche comme pour répondre que non, mais Rashel la devança :

– Vous l'avez testé ?

– On ne voulait pas trop s'en approcher. On fera ça ce soir, s'il se manifeste de nouveau.

– Comment vous les testez ? demanda Nyala.

Vicky ne répondit pas, préférant, avec l'aide de Steve, déplacer deux matelas mangés par les rats et vider le contenu de leurs sacs à dos.

– D'abord, expliqua Rashel, on peut les éblouir avec une torche. En général, ils reflètent la lumière, comme les animaux.

– Ce n'est pas la seule méthode, enchaîna Vicky en déposant les objets à même le sol.

Il y avait des cagoules de ski, des couteaux de métal et de bois, des pieux de différentes tailles et un maillet. Steve ajouta deux matraques de chêne blanc.

– Le bois les atteint plus que le métal, continua Vicky. Si on les blesse avec une lame d'acier, ils guérissent dans les cinq minutes sous vos yeux, tandis qu'avec du bois, ils n'arrêtent pas de saigner.

Rashel n'aimait pas beaucoup la façon dont la jeune fille disait cela. Pas plus qu'elle n'aima la dernière chose que celle-ci sortit de son sac, une sorte de carcan miniature qui devait se refermer sur les poignets.

– Des menottes pour vampires, annonça fièrement Vicky. En chêne blanc, imparables pour retenir les parasites. Je les ai rapportées de la banlieue sud.

– Mais pourquoi les retenir ? Et à quoi servent tous ces petits couteaux et ces pieux ? Il faudrait des heures pour tuer un vampire avec ça.

Vicky eut un sourire cruel.

– Je sais.

Oh ! Le cœur de Rashel fit un bond et elle dut détourner les yeux pour cacher sa réaction. Maintenant, elle comprenait ce que Vicky avait derrière la tête.

La torture.

– Une mort rapide, c'est trop doux pour eux, expliqua celle-ci sans cesser de sourire. Ils méritent de souffrir, comme ils font souffrir les humains. En plus, on pourrait en tirer des informations. Apprendre, par exemple, où ils gardent les filles qu'ils enlèvent et ce qu'ils leur font.

– Vicky, dit gravement Rashel. Il est pratiquement impossible de faire parler un vampire. Ils sont butés. Plus ils souffrent, plus ils sont en colère, comme des bêtes.

– J'en ai fait parler quelques-uns, ricana Vicky. Tout dépend de la méthode utilisée et combien de temps on fait durer le plaisir. De toute façon, il n'y a pas de mal à essayer.

– Elliot est au courant ?

Elle haussa une épaule, sur la défensive.

– Elliot me laisse agir à ma façon. Pas besoin de lui donner tous les détails. J'étais moi-même chef, tu sais.

Déroutée, Rashel se tourna vers Nyala et, pour la première fois, ne lui vit plus cette expression endormie ; au contraire, elle paraissait soudain réveillée, férocement contente.

– Oui, approuva-t-elle. Il faudrait faire parler ce vampire. Et s'il souffre… après tout, ma sœur a souffert. Quand je l'ai trouvée, elle était presque morte, mais elle pouvait encore parler. Elle m'a raconté quel effet ça faisait de se vider de son sang ; c'était douloureux. Et puis…

Nyala s'interrompit, déglutit, regarda Vicky :

– Enfin, je suis là pour participer.

Steve ne dit rien, mais pour autant qu'en sache Rashel, cela lui ressemblait plutôt. Il n'était pas du genre bavard. En tout cas, il n'émit aucune protestation.

Et elle en avait froid dans le dos, comme si elle découvrait dans la glace le pire côté de sa personne. Cela lui donnait honte.

Mais ai-je le droit de les juger ? se demanda-t-elle en s'éloignant. *Tous les parasites sont des ordures. C'est une race à éliminer. Et Vicky a raison, ils ne méritent pas de mourir proprement, quand on sait ce qu'ils infligent à leurs victimes. Nyala a le droit de venger sa sœur.*

– À moins que quelqu'un n'ait quelque chose à y redire, reprit Vicky en la fixant de son regard bleu. Ou que quelqu'un ne soit du côté des vampires…

Ce qui aurait dû faire rire Rashel, seulement elle n'était pas d'humeur à rire. Dans un soupir, elle se contenta de répondre :

– C'est à toi de jouer. J'ai accepté de me mettre sous ton commandement.

– Parfait.

Là-dessus, Vicky reprit son manège.

Cependant, Rashel gardait le cœur lourd et se prenait presque à espérer que le vampire ne se présente pas.

4

Quinn avait froid.

Pas physiquement, bien sûr. C'était impossible. L'atmosphère glaciale de mars n'avait aucun effet sur lui ; son corps restait insensible aux balivernes telles que le climat. Non, ce froid était en lui.

Il contemplait la baie à ses pieds, la vie trépidante de la cité. Boston sous les étoiles. Il lui avait fallu longtemps pour y revenir après... la transformation.

Autrefois, quand il était humain, il vivait là. À cette époque, la ville ne s'étendait guère que sur trois collines, avec un phare et des maisons aux toits de chaume. L'endroit où il se tenait en ce moment avait été une plage immaculée, entourée de prés-salés et de forêts profondes.

C'était en 1639.

Depuis, Boston avait bien changé, mais pas Quinn. Il avait toujours dix-huit ans et restait le jeune homme qui aimait les pâturages ensoleillés et les eaux turquoise de l'océan désert. Il vivait alors simplement, heureux de trouver de quoi dîner à la table de sa mère, tout en rêvant de posséder un jour sa propre goélette et d'épouser la belle Dove Redfern.

C'était ainsi que tout avait commencé, avec Dove, à la longue chevelure châtaine... La douce Dove, qui avait un secret inimaginable pour un garçon simple comme Quinn.

Enfin, tout cela était du passé. Dove était morte depuis des siècles et, si ses cris venaient encore le hanter toutes les nuits, nul autre que lui ne le savait.

Sans doute n'était-il guère plus âgé qu'à l'époque coloniale, mais il avait appris quelques artifices depuis. Par exemple comment s'emplir le cœur de glace, afin que rien au monde ne puisse plus l'atteindre, comment mêler de glace son regard noir afin que ceux qui le fixaient n'y voient qu'une insondable obscurité. Il avait remarquablement progressé en la matière, au point que certaines personnes blêmissaient et reculaient dès qu'il posait les yeux sur elles.

Ces mêmes artifices lui avaient non seulement permis de survivre en tant que vampire, mais aussi de s'assurer un statut inégalable. Il était Quinn, le vampire féroce comme un serpent, au sang froid comme la glace, à la voix douce qui maudissait quiconque surgissait en travers de sa route. Quinn, le mythe sombre qui semait l'effroi dans le cœur des humains, autant que dans celui des créatures de la nuit.

Mais en ce moment, il était fatigué.

Et il avait froid. En lui régnait comme un perpétuel hiver, qui ne s'ouvrirait jamais sur le printemps.

Il ne savait que faire pour y mettre fin, bien qu'il ait envisagé de se jeter dans la baie, afin de laisser ses eaux noires se refermer sur sa tête, et de rester là plusieurs jours sans plus se nourrir ; à ce moment-là, toutes ses interrogations deviendraient sans objet.

Vaine pensée. N'était-il pas Quinn ? Rien ne pouvait l'atteindre. Cette impression de vide finirait bien par disparaître.

S'arrachant à ses songeries, il se détourna de la baie scintillante. Il pourrait peut-être se rendre à l'entrepôt de Mission Hill, pour voir où en étaient ses habitants. Il devait s'occuper, faire quelque chose, pour ne plus laisser vagabonder ainsi ses pensées.

Cette idée lui arracha un de ces sourires qui, il le savait, faisaient peur aux enfants. Et il prit la direction de Boston.

Rashel se tenait devant la fenêtre, non pas assise comme n'importe qui, mais accroupie sur la jambe gauche, la droite tendue en avant, dans une posture autorisant toutes sortes de mouvements, son *bokken* à côté d'elle ; ainsi pouvait-elle bondir et le pointer en un quart de seconde.

Le bâtiment abandonné était tranquille. Steve et Vicky restaient dehors à surveiller la rue. Nyala semblait perdue dans ses pensées.

Soudain, celle-ci tendit la main vers le fourreau du *bokken*.

– Qu'est-ce que c'est ?

– Ça ? Une espèce de sabre japonais. On les fabrique pour l'entraînement, en principe parce que c'est moins dangereux, mais ils peuvent se révéler mortels, même pour les humains. Ils pèsent le même poids et sont conçus exactement comme ceux en métal.

Elle sortit le sabre et pointa dessus sa lampe pour montrer la lame satinée, d'une couleur noirâtre qui tirait sur le vert.

Retenant son souffle, Nyala effleura la gracieuse courbe de l'arme.

– C'est magnifique.

– C'est du gaïac, le bois de vie, le plus dur et le plus lourd qui existe, dense comme le fer. Je l'ai fait couper spécialement pour moi.

– Et tu t'en sers pour tuer les vampires ?

– Oui.

– Tu en as tué beaucoup ?

– Oui, répondit Rashel en rangeant le sabre.

– Tant mieux.

Nyala se retourna vers la rue. Elle avait un petit air royal avec ses cheveux tirés au sommet de la tête, comme la couronne de Néfertiti. Elle reprit d'un ton tranquille :

– Comment t'est venue cette idée ? Je veux dire, tu as l'air de tellement en savoir. Comment tu as appris ?

– Petit à petit, répondit Rashel avec un rire gêné. Mais j'ai commencé comme toi. J'ai vu l'un d'entre eux tuer ma mère quand j'avais cinq ans. Ensuite, j'ai essayé d'en apprendre le maximum sur les vampires, pour pouvoir mieux les combattre. Et j'ai raconté mon histoire dans tous les foyers où j'ai vécu, jusqu'au jour où j'ai enfin trouvé quelqu'un qui m'a crue. C'étaient des chasseurs de vampires. Ils m'ont beaucoup appris.

Nyala prit un ait écœuré.

– Je me sens si bête ! Je n'ai rien fait du tout. Je n'aurais même pas connu l'existence des Lancers, si Elliot ne m'avait pas fait signe. En lisant un article sur ma sœur, il a compris qu'elle avait dû être la victime de vampires. Mais je n'aurais jamais pensé à ça toute seule.

– C'est que tu n'en as pas eu le temps.

– Non, je crois qu'il faut être soi-même un peu spécial. Mais, maintenant que je sais comment les combattre, je vais y aller.

Elle parlait d'une voix tremblante, cassée. Il y avait quelque chose d'instable chez cette fille.

– Personne ne sait lequel a tué ma sœur, reprit-elle, alors je crois que je vais en attaquer un maximum. Je veux…

– Chut ! murmura Rashel en lui mettant un doigt sur la bouche.

Nyala se raidit.

Rashel se redressa tel un ressort pour passer la tête par la fenêtre, écouta de nouveau, puis déploya son écharpe afin de se voiler le visage avec des gestes expérimentés.

– Prends ta cagoule, on y va.

– Qu'est-ce qui se passe ?

– Tu vas voir ton vœu se réaliser… immédiatement. Ça se bagarre en bas. Reste derrière moi… et n'oublie pas ta cagoule.

C'était la première loi chez les chasseurs de vampires. Car si l'un d'eux venait à vous reconnaître et à s'échapper… autant se considérer comme mort. Les créatures de la nuit vous rechercheraient sans relâche, jusqu'à vous retrouver, puis frapperaient au moment le plus inattendu.

Nyala sur ses talons, Rashel dévala silencieusement l'escalier et jaillit dans la rue.

Le bruit provenait d'une zone mal éclairée à proximité d'un entrepôt. À peine arrivée sur place, Rashel aperçut les silhouettes de Steve et de Vicky, le visage masqué, une matraque à la main, en train de lutter contre une autre silhouette.

C'est pas vrai ! songea-t-elle en s'arrêtant net.

Une autre silhouette. Et ces deux-là, armés de bois, incapables de piéger un simple petit vampire ? Ils faisaient un tel raffut qu'elle aurait plutôt juré les voir aux prises avec toute une armée.

En outre, ce vampire semblait leur opposer une sacrée résistance... en fait, il allait tout simplement gagner, envoyant promener ses assaillants avec une force surnaturelle, comme s'il n'avait affaire qu'à de simples humains, non à des chasseurs de vampires. Et il semblait bien s'amuser.

– Il faut les aider ! souffla Nyala.

– Ouais, rétorqua Rashel sans enthousiasme. Attends-moi là, je vais le frapper à la tête.

Ce qui ne se révéla pas aussi facile que ça. Si elle put se glisser sans peine derrière lui, car il était trop occupé par les deux autres et trop sûr de lui pour se méfier, elle rencontra une autre difficulté.

Son *bokken,* honorable sabre de guerrier, était destiné à frapper pour tuer sur le coup, pas à simplement étourdir.

Bien sûr, elle possédait d'autres armes. Elle en avait des quantités chez elle, à Marblehead. Tout un attirail de ninja et quelques atouts supplémentaires. En outre, elle connaissait plusieurs méthodes de combat particulièrement vicieuses. Elle savait briser les os d'un ennemi, lui écraser les tendons, extraire sa trachée à main nue ou lui planter d'un coup de pied les côtes dans les poumons.

Mais c'étaient des mesures désespérées à n'utiliser qu'en dernier recours, lorsque sa propre vie était en jeu et l'adversité trop forte. Car elle ne pouvait infliger de tels coups à un seul ennemi quand elle lui avait sauté dessus.

Alors que le dernier ennemi en cause jetait Steve contre un mur où il atterrit avec un soupir étouffé, Rashel compatit. Mais en même temps, elle y trouvait une réponse à sa question. S'emparant de la matraque de chêne qu'il venait de laisser rouler au sol, elle virevolta vers le vampire qui tentait de lui faire face. Ce fut le moment que choisit Nyala pour se joindre au combat, créant ainsi une diversion, si bien que Rashel put faire ce qu'elle avait annoncé ; elle frappa l'adversaire à la tête d'un swing irrésistible appuyé par le mouvement de ses hanches.

Le vampire poussa un cri et tomba à la renverse.

Sans le quitter des yeux, Rashel releva sa matraque, puis l'abaissa en se tournant vers Steve et Vicky :

– Ça va ?

Le souffle court, Vicky hocha la tête :

– Il nous a pris par surprise.

Ce qui ne réjouit pas Rashel pour autant ; sa forme olympique l'avait quittée. Voilà longtemps qu'elle n'avait livré un combat aussi nul, et...

... Et elle ne comprenait pas pourquoi le vampire avait crié ainsi avant de tomber inanimé.

Steve se releva lentement.

– Jamais il n'aurait dû nous surprendre. C'est notre faute.

En quoi il avait raison. Dans ce métier, si on n'était pas sans cesse sur le qui-vive, c'était la mort assurée.

– Il était doué, assura Vicky. Allez, on le sort d'ici avant que quelqu'un ne nous aperçoive. Il y a une cave dans l'autre bâtiment.

Rashel prit le vampire par les pieds pendant que Steve lui attrapait les épaules. Il n'était pas très grand, plutôt râblé et à peu près de l'âge de Rashel.

Ce qui ne voulait rien dire, se rappela-t-elle. Un parasite pouvait encore paraître jeune à mille ans. Cette engeance obtenait la vie éternelle grâce au sang des autres.

Ils descendirent leur fardeau dans l'escalier, jusqu'à une grande pièce qui sentait le moisi, le déposèrent à même le sol froid et Rashel se redressa pour détendre son dos.

– Bon, maintenant on va voir à quoi il ressemble, lança Vicky en braquant sa torche sur lui.

Ses cheveux noirs contrastaient avec son teint pâle et ses longs cils lui retombaient sur les joues. Une petite tache de sang lui maculait l'arrière de la tête.

– Je ne crois pas que ce soit celui qu'on a vu avec Elliot, hier soir, dit Vicky. L'autre paraissait plus fort.

Nyala se pencha sur le premier vampire qu'elle avait capturé.

– Qu'est-ce que ça change ? C'en est un, non ? Aucun humain n'aurait jeté Steve comme ça. C'est peut-être même celui qui a tué ma sœur. Il est à nous maintenant.

Elle souriait, comme tombée sous le charme du garçon inanimé.

– Tu es à nous. Tu vas voir !

Steve se frottait encore l'épaule qui avait heurté le mur.

– Ouais, approuva-t-il avec un sourire mauvais.

– J'espère qu'il ne va pas mourir trop vite, reprit Vicky en examinant son visage. Tu as tapé fort.

– Il ne va pas mourir, promit Rashel. D'ailleurs, il va peut-être même se réveiller dans quelques minutes. Pourvu que ce ne soit pas un grand télépathe.

Vicky releva vivement les yeux.

– Quoi ?

– Oh… tous les vampires sont télépathes. Mais à des degrés très divers. La plupart ne peuvent communiquer qu'à courte distance, par exemple dans le cadre d'une maison. Mais certains sont beaucoup plus forts que ça.

– Même s'il est fort, ça n'aura pas d'importance, sauf s'il y a d'autres vampires dans les parages.

– Ce qui n'aurait rien d'extraordinaire, si Elliot et toi en avez bien vu un autre hier soir.

– Bon… hésita Vicky. On pourrait peut-être vérifier dehors, vérifier s'il n'a pas d'amis cachés dans les parages.

Steve hochait la tête, Nyala écoutait attentivement. Rashel allait dire que selon son expérience, ils ne trouveraient aucun vampire tant que ceux-là se cacheraient, mais changea d'avis.

– Bonne idée, approuva-t-elle. Vous devriez emmener Nyala. Il vaut mieux y aller à trois qu'à deux. Moi, je vais le ligoter avant qu'il ne revienne à lui. J'ai de la corde d'écorce.

Vicky semblait nettement moins hostile depuis que Rashel avait assommé le vampire.

– Bon, mais prends plutôt les menottes. Nyala, monte les chercher.

Cette dernière s'exécuta et, avec Vicky, elles accrochèrent le carcan aux poignets du vampire avant de partir avec Steve.

Rashel s'assit par terre.

Elle ne savait trop ce qu'elle allait faire ni pourquoi elle avait envoyé Nyala avec les autres. Elle avait juste eu envie de se retrouver seule et, maintenant, se sentait plutôt… minable.

Certes, elle lui en voulait, à lui comme au monde entier, et souvent, une petite voix en elle répétait : *tue-le, tue-le, tue-le.* Au point qu'il lui arrivait d'avoir envie de frapper à tort et à travers.

Mais là, cette petite voix se taisait et Rashel avait mal au cœur.

Pour s'occuper, elle lui lia les pieds avec la corde d'écorce, tout aussi efficace contre les vampires que les menottes ridicules de Vicky.

Après quoi, elle l'éclaira de nouveau à la torche.

Il était beau, les traits réguliers, presque fins, une bouche qui paraissait plutôt innocente en ce moment, mais devait être assez sensuelle en état d'éveil, un corps souple aux longs muscles, même s'il n'était pas très grand.

Toutes choses qui n'avaient aucun effet sur Rashel. Ce n'était pas la première fois qu'elle rencontrait de séduisants vampires… en fait, nombre d'entre eux étaient vraiment beaux. Cela ne voulait rien dire et ne faisait que contraster davantage avec ce qu'ils étaient vraiment.

Le géant qui avait tué sa mère était beau, lui aussi. Elle voyait encore son visage, ses yeux dorés.

Sales parasites, rebuts du Night World. Ce n'étaient pas de vrais êtres vivants, mais des monstres.

Cependant, ils pouvaient éprouver de la douleur, comme n'importe quel humain. Elle avait blessé celui-ci en le frappant.

Se relevant d'un bond, elle se mit à faire les cent pas.

Bon, ce vampire méritait la mort, comme tous ses semblables.

Elle n'allait pas pour autant attendre le retour de Vicky, ni la laisser le transpercer à coups de pieux.

Rashel savait maintenant pourquoi elle avait aussi expédié Nyala. C'était pour lui permettre de donner une mort propre au vampire. Sans doute ne le méritait-il pas, mais elle ne pouvait laisser Vicky le tuer à petit feu. Impossible.

Elle s'immobilisa, puis se dirigea vers le garçon inconscient.

La torche l'éclairait toujours, illuminant sa chemise noire ; il ne portait ni pull ni veste. Les vampires n'avaient pas besoin de se protéger contre le froid. Elle ouvrit les boutons, dégageant son torse. Bien que son *bokken* puisse facilement traverser le tissu, il était plus facile de le diriger à travers la chair du vampire en éliminant tout obstacle.

Debout au-dessus de lui, les pieds écartés autour de sa ceinture, elle souleva le lourd sabre des deux mains, l'une sur la garde, l'autre sur le pommeau.

Elle en orienta la pointe exactement au-dessus du cœur.

– Ce chaton a des griffes, murmura-t-elle à peine consciemment.

Les yeux fermés, elle poussa un long soupir. Il lui fallait se concentrer, car c'était la première fois qu'elle faisait ce genre de chose. Les vampires qu'elle avait tués jusque-là avaient été, en général, surpris en plein crime... et avaient toujours commencé par se défendre. Elle n'en avait jamais abattu d'inconscient.

Fais appel au zanshin, se dit-elle. À la conscience de tout ce qui l'entourait, sans se focaliser sur un objet en particulier.

Ses pieds se mêlèrent au ciment froid, ses muscles et ses os devenant une extension du sol. Le coup allait puiser son énergie au cœur de la terre.

Elle souleva le sabre, prête à tuer. Elle rouvrit les paupières pour mieux viser.

Elle s'aperçut alors que le vampire était réveillé. Les yeux grands ouverts, il la regardait.

5

Rashel s'immobilisa, son sabre toujours en l'air, orienté vers le cœur du vampire.

– Alors, qu'est-ce que tu attends ? demanda-t-il. Vas-y !

Elle ne savait pas au juste ce qu'elle attendait. Il aurait pu bloquer la lame de ses poings menottés, mais n'en fit rien. À son attitude, elle voyait bien qu'il n'en avait pas l'intention ; il préférait rester là, à la fixer de ses yeux noirs et vides comme les profondeurs de l'espace.

Les cheveux ébouriffés sur le front, la bouche serrée, on aurait dit qu'il n'avait pas peur.

Allez, se dit Rashel, *vas-y. Même la sangsue te le demande. Vite !*

Au lieu de quoi elle pivota et s'éloigna de lui.

– Désolée, lâcha-t-elle. Je ne suis pas aux ordres d'un parasite.

Le sabre toujours dressé pour le cas où il esquisserait un mouvement, elle le laissa inspecter ses poignets bloqués.

– Je vois, dit-il avec un étrange sourire. On va donc passer à la torture ? Je te souhaite bien du plaisir.

Frappe-le, idiote ! lança une petite voix dans la tête de Rashel. *Ne discute pas avec lui. C'est dangereux.*

Cependant, elle ne pouvait s'y résoudre. *Une minute,* répondit-elle à la petite voix. *Il faut d'abord que je me reprenne.*

S'agenouillant à nouveau, prête à l'action, elle ramassa la torche et la lui braqua sur le visage. Il plissa les paupières, détourna la tête.

Là, maintenant, elle le voyait et lui ne le pouvait plus. Les yeux des vampires étaient hypersensibles à la lumière. Et même s'il l'apercevait un instant, elle portait son foulard. Tous les avantages étaient pour elle, ce qui rendait sa situation des plus confortables.

– Qu'est-ce qui te fait croire qu'on voudrait te torturer ? demanda-t-elle.

Il sourit au plafond.

– Parce que je suis toujours vivant. Et puis sinon, à quoi servirait ce carcan ? Dans la banlieue sud, on a retrouvé des vampires qui avaient été mutilés et en portaient encore un. Ceux qui leur avaient fait ça semblaient s'être bien amusés.

L'œuvre de Vicky, songea Rashel. Elle aurait préféré qu'il cesse de sourire avec ce petit air narquois, un peu fou, qui le rendait si beau.

– À moins, continua-t-il, que tu ne cherches des informations.

– Parce que tu serais prêt à m'en donner, peut-être ?

– Pas vraiment.

– Je me disais aussi...

Il éclata de rire.

Mais qu'est-ce que tu attends pour le frapper ?

Elle ne comprenait pas ce qui lui arrivait. Bon, c'était un charmeur, un peu barge sans doute, mais elle en avait vu d'autres du même acabit, de ces flatteurs doucereux qui pensaient pouvoir l'amadouer à force de cajoleries. Certains avaient même essayé de la séduire. Tous avaient cru pouvoir prendre le contrôle de son esprit, seulement, elle savait résister à leur télépathie et c'était à cela qu'elle devait encore la vie.

Cependant, ce vampire-là ne s'y prenait pas comme les autres et bizarrement, quand il riait, le cœur de Rashel s'emballait ; il présentait alors une physionomie complètement métamorphosée, comme illuminée de l'intérieur.

Tu délires, ma fille. Tue-le immédiatement !

– Écoute, dit-elle d'une voix étonnamment tremblante. Je n'ai rien contre toi et tu n'en as sans doute rien à fiche, mais ce n'est pas moi qui voulais te torturer. Je fais juste mon boulot.

Dans un grand soupir, elle reprit son sabre déposé devant ses genoux.

Il tourna le visage vers la lumière. Il ne souriait plus du tout et répondit gravement :

– Je comprends. C'est une question… d'honneur. Tu as raison, ça se termine toujours ainsi quand nos deux races se rencontrent. Tue pour ne pas te faire tuer. La loi de la nature.

Il lui parlait de guerrier à guerrier. Soudain, Rashel ressentit une chose qu'elle n'avait jamais éprouvée pour un vampire. Du respect. Cet étrange désir de ne pas se retrouver face à lui dans le camp opposé, ce regret qu'ils ne soient à jamais que des ennemis mortels.

C'est le genre de personne avec qui je pourrais discuter, songea-t-elle en se sentant soudain très seule. Elle ne s'était pas rendu compte qu'elle tenait tant à pouvoir parler.

– Tu voudrais qu'on prévienne quelqu'un… après ? se surprit-elle à demander. Je veux dire, tu as de la famille ? Je ferai ce qu'il faut pour transmettre la nouvelle, pour qu'ils sachent ce qui t'est arrivé.

Évidemment, elle ne s'attendait pas à ce qu'il lui donne un nom quelconque. À ce petit jeu gagnait celui qui savait, chacun tâchant de découvrir la main de l'autre. Quand on identifiait un vampire – ou un chasseur de vampires – on savait qui tuer.

Toujours Batman et Catwoman. L'important, c'était de préserver son identité secrète.

Pourtant ce vampire, manifestement déjanté, observa d'un air songeur :

– Tu pourrais toujours envoyer un message à Hunter Redfern, mon père adoptif. Je n'ai malheureusement pas son adresse, mais il doit se trouver quelque part à l'est.

Un autre sourire :

– J'allais oublier de te dire mon nom. C'est Quinn.

Rashel reçut la nouvelle comme une gifle.

Quinn.

L'un des plus dangereux vampires de tout le Night World. Peut-être le pire de tous les transformés, ceux qui étaient nés humains. Comme n'importe quel chasseur, elle le connaissait de réputation. Il passait pour un combattant redoutable, un brillant stratège, intelligent, ingénieux... et froid comme la glace. Il méprisait les humains, voulait que le Night World les supprime tous à part quelques-uns qui serviraient de nourriture.

J'ai commis une sacrée bêtise, j'aurais dû laisser Vicky le torturer. Il ne l'aurait sûrement pas volé, Dieu sait tout le mal qu'il a commis.

Quinn avait retourné la tête vers elle et la fixait à travers la lumière de la torche, alors que cela devait le faire terriblement souffrir.

– Tu vois, il faut vite me tuer, dit-il d'une voix douce comme un jour de neige. Parce que c'est certainement ce que je te ferai si j'arrive à me libérer.

Rashel rit jaune :

– Je dois avoir peur, là ?

– Seulement si tu peux concevoir qui je suis, ce qui ne semble pas être le cas.

– Voyons ça. Je crois me rappeler certaines choses au sujet des Redfern… Ce n'est pas la famille qui contrôle la branche vampire du Conseil du Night World ? La plus importante famille de lamies, les vampires de naissance ? Ils descendent directement de Maya, la première goule. Et Hunter Redfern est leur chef, le défenseur des lois du Night World, celui qui a colonisé l'Amérique au XVIIe siècle. Je me trompe ?

Il acquiesça d'un regard froid.

– Tu vois, reprit-elle, nous avons nos sources. Il me semble même avoir entendu mentionner ton nom. C'est Hunter qui t'a fait vampire… et comme il n'avait que des filles, tu es également son héritier.

Quinn eut un sourire amer.

– Oui, c'est assez compliqué. On pourrait dire que j'entretiens des rapports amour-haine avec les Redfern. Nous passons le plus clair de notre temps à rêver de nous expédier mutuellement au fond de l'Atlantique.

– Pfft ! Les conflits familiaux chez les vampires… Vous avez du mal à vous entendre !

Malgré son ton dégagé, elle devait se concentrer pour continuer à respirer régulièrement.

Ça n'avait rien à voir avec la peur. Il ne l'effrayait pas du tout. Non, c'était plutôt de la perplexité. Au lieu de le tuer, elle bavardait avec lui et elle ne comprenait pas pourquoi.

Sa seule excuse étant que cela paraissait le déconcerter et l'agacer encore plus qu'elle.

– Tu n'as pas l'air de tout savoir sur moi, dit-il en lui montrant les dents. Je suis ton pire cauchemar, humaine. Je suis même redouté des autres vampires. À commencer par ce brave Hunter… il aime observer certaines convenances. Par exemple qui tuer et comment. S'il savait ce qu'il m'arrive de faire, il en tomberait lui-même raide mort.

Ce bon vieil Hunter, songea Rashel. L'austère patriarche du clan Redfern, resté bloqué au XVIIe siècle… C'était peut-être un vampire, mais avant tout un puritain.

– Je devrais peut-être trouver un moyen de le lui dire, lâcha-t-elle, sarcastique.

De nouveau, Quinn la dévisagea de son regard froid, un rien marqué de respect, cette fois.

– Si je te croyais capable de le localiser, je me ferais du souci.

Brusquement, une idée la traversa :

– Tiens, je ne crois pas avoir jamais entendu personne t'appeler par ton prénom. Tu dois bien en avoir un.

Il cligna des paupières et, comme pris de court, laissa tomber :

– John.

– John Quinn. John.

– Je ne t'ai pas autorisée à m'appeler par mon prénom.

– Pour ce que j'en ai à faire… marmonna-t-elle, plongée dans ses pensées.

John Quinn. Le nom le plus banal de la terre. Très bostonien. Et qui faisait tellement réel, tellement éloigné d'un Quinn le Téméraire ou quelque chose de ce genre.

Alors, elle lui posa une question qu'elle n'avait jamais posée à aucune créature de la nuit :

– Tu étais consentant quand Hunter Redfern a fait de toi un vampire ?

Un long silence s'ensuivit, avant qu'il ne reprenne la parole d'un ton égal :

– Si j'avais pu, je l'aurais tué.

– Je vois.

Moi aussi, j'aimerais pouvoir le faire. Sans le vouloir, elle se surprit à lui poser une autre question :

– Alors, pourquoi est-ce qu'il a fait ça ? Je veux dire, pourquoi t'avoir choisi ?

Nouveau silence. Elle était déjà persuadée qu'il ne répondrait plus, quand il reprit la parole :

– J'étais… je voulais épouser une de ses filles. Elle s'appelait Dove.

– Tu voulais épouser une goule ?

– Je ne savais pas que c'était un vampire ! s'exclama-t-il d'un ton impatienté. Hunter Redfern était un notable de Charlestown, même si certaines personnes soutenaient que sa femme avait été une sorcière. Mais à cette époque-là, il suffisait de sourire dans une église pour qu'on vous traite de sorcière.

– Alors, il vivait au milieu de ces gens et personne ne savait rien ?

– La plupart des gens l'acceptaient, reprit Quinn avec un sourire moqueur. Même mon père, le pasteur.

Malgré elle, Rashel était maintenant fascinée.

– Et il fallait que tu deviennes vampire pour l'épouser ? Cette Dove…

– Je n'ai pas pu… souffla-t-il comme s'il se parlait à lui-même. En fait, Hunter voulait me donner une autre de ses filles. J'ai répondu que je préférais épouser une truie. Son aînée, Garnet, m'intéressait à peu près autant qu'une souche d'arbre mort ; et sa cadette, Lily, était méchante comme une teigne, ça se voyait dans son regard. Je ne voulais que Dove.

– Et tu lui as dit ça ?

– Bien sûr ! Il a fini par accepter… avant de me confier le secret de la famille. Enfin… sans vraiment me le dire. C'était plutôt une sorte de démonstration. Quand je me suis réveillé, j'étais mort et vampire. Sacrée expérience !

Rashel ouvrit la bouche, la referma en essayant d'imaginer l'horreur de la situation. Elle finit par répondre :

– J'imagine.

Encore un silence. Elle ne s'était jamais sentie si… proche d'un vampire. Plus que du dégoût ou de la haine, elle ressentait maintenant de la pitié.

– Mais qu'est-ce qui est arrivé à Dove ?

Quinn se raidit.

– Elle est morte, articula-t-il agressivement.

À l'évidence, ce n'était plus l'heure des confidences.

– Comment ?

– Ça ne te regarde pas !

La tête penchée, elle se contenta d'insister.

– Comment, John Quinn ? Tu sais, il y a des choses que tu ferais mieux de raconter. Ça pourrait te faire du bien.

– Rien à fiche des psychanalystes ! cracha-t-il.

Apparemment, il était furieux et la lueur obscure qui flottait dans ses yeux aurait dû faire peur à son interlocutrice. Il semblait aussi féroce qu'elle à certains moments, quand elle se fichait de connaître ou non l'identité de ses victimes.

Elle n'avait pas peur et se sentait étrangement calme, comme dans ses exercices de respiration, lorsqu'elle avait l'impression de ne plus faire qu'un avec la terre et d'avancer à coup sûr.

– Écoute, Quinn...

– Tu ferais mieux de me tuer maintenant, coupa-t-il sèchement. À moins que tu ne sois trop bête ou trop affolée, parce que ce bois ne va pas tenir éternellement et, quand je m'en serai débarrassé, je retournerai ce sabre contre toi.

Alarmée, elle examina les menottes de Vicky qui commençaient à se tordre. Pas le bois, bien sûr, la partie métallique. Il les aurait bientôt assez élargies pour se libérer.

Il était d'une force étonnante, même pour un vampire.

D'un seul coup, sans se départir de son calme, elle sut ce qu'elle allait faire.

– Oui, dit-elle, bonne idée. Continue à les plier. Je pourrai dire que c'est comme ça que tu t'es enfui.

– Qu'est-ce que tu racontes ?

Elle se leva, chercha un couteau en acier pour couper les cordes de ses chevilles.

– Je te relâche, John Quinn.

Il s'immobilisa.

– Tu es malade ! Si tu crois que parce que j'ai été humain, je pourrais encore avoir pitié d'eux, tu te trompes lourdement. Je hais encore plus les humains que les Redfern.

– Pourquoi ?

D'un large sourire, il montra les dents.

– Non, je ne te dois aucune explication. Crois-moi sur parole.

Elle le croyait. Il paraissait aussi rageur et dangereux qu'un animal pris au piège.

– Très bien, dit-elle la main posée sur la poignée de son *bokken*. Essaie toujours. Mais n'oublie pas que je t'ai battu. C'est moi qui t'ai assommé.

L'air incrédule, il secoua la tête.

– Petite sotte, je ne faisais pas attention, je croyais avoir encore affaire à un de ces crétins qui se prennent les pieds dans leurs propres pas. Je ne cherchais même pas à les battre vraiment, je m'amusais.

Il s'assit d'un mouvement souple qui ne faisait que prouver sa force et l'emprise qu'il avait sur son propre corps.

– Tu n'as pas une chance, ajouta-t-il doucement.

Maintenant qu'il ne la regardait plus à travers la torche, elle vit combien il avait les pupilles dilatées.

– Tu es morte.

Quelque part, Rashel avait déjà cette impression.

– Je suis plus rapide et plus fort que n'importe quel humain. Je vois mieux dans l'obscurité. Et je suis beaucoup plus vicieux.

Cette fois, elle fut prise de panique.

Elle le croyait sur parole. Le souffle coupé, le cœur serré, elle perdait soudain tout son calme.

Il a raison, tu n'es qu'une abrutie, se dit-elle affolée. *Tu pouvais le mettre hors d'état de nuire et tu as gâché toutes tes chances. Pourquoi ? Parce que tu avais pitié de lui ? Pitié d'un monstre dérangé qui va te déchiqueter ? Quand on est aussi bête, on mérite de mourir.*

Elle avait l'impression de tomber sans pouvoir se raccrocher à quoi que ce soit…

Soudain, pourtant, elle capta une pensée à laquelle elle se cramponna désespérément en essayant de résister à la peur qui l'engluait dans l'obscurité.

Tu n'aurais rien pu faire d'autre.

Pour une fois, la petite voix venait à son secours. Et, bizarrement, Rashel sut qu'elle disait vrai. Elle n'aurait pu le tuer, ligoté, sans défense, sans devenir à son tour un monstre. Et, après avoir entendu son histoire, elle ne pouvait ignorer la compassion qui l'avait envahie.

Je vais sans doute mourir, maintenant. Et j'ai toujours peur. Pourtant, s'il fallait recommencer, je referais la même chose.

Agrippée à cette notion, elle laissa s'écouler la dernière seconde, la dernière occasion de le frapper tant qu'il restait immobilisé par les menottes.

– Quel dommage de te couper la gorge ! railla-t-il.

Rashel ne changea pourtant pas d'avis.

D'une dernière secousse, Quinn se débarrassa de ses menottes dans un grincement métallique et elles tombèrent sur le sol de ciment. Il se redressa, libre, et elle ne distingua plus son visage qui sortait du rayon de la torche.

– Bon, conclut-il.

– Bon, murmura-t-elle.

Ils se faisaient face.

Elle guettait le minuscule mouvement involontaire qui lui permettrait de deviner dans quelle direction il allait frapper. Mais il restait plus immobile qu'aucun de ses ennemis, parfaitement maîtrisé, prêt à exploser dès qu'il le jugerait bon.

Il pratique le zanshin, se dit-elle.

– Tu es doué, observa-t-elle doucement.

– Merci. Toi aussi.

– Merci.

– Mais ça n'y changera rien.

– Ça reste à prouver...

Il fondit sur elle.

Elle avait capté l'avertissement, le mouvement à peine perceptible de sa jambe indiquant qu'il allait pencher sur sa droite, et elle réagit instinctivement, en souplesse... sans se rendre compte qu'elle n'avait même pas récupéré le sabre.

Elle avait plongé en avant pour répondre à son attaque d'un blocage de la paume tout en le frappant de l'autre bras au creux du coude.

Mais sans l'aide de son sabre, dont elle ne cherchait même pas à se servir ; elle venait de s'en rendre compte avec horreur.

– Tu vas mourir, idiote ! lança-t-il.

Sur le moment, elle n'aurait même pas su déterminer qui, de lui ou la petite voix dans sa tête avait parlé.

En essayant de le repousser, elle se dit qu'elle avait besoin de temps pour récupérer ses réflexes de survie. Elle se fendit...

... et sa main nue heurta celle du vampire, provoquant une réaction totalement hors de sa portée.

6

Elle ressentit une décharge électrique dans le bras, mais un choc autrement violent lui heurta la tête.

Son esprit éclata, comme si une explosion silencieuse et froide l'avait frappée. D'un seul coup, Rashel ne supportait plus son propre poids. Elle sentit les bras de Quinn la retenir.

Elle avait perdu toute notion de l'espace qui l'entourait et flottait dans une lumière blanche, incapable de se raccrocher à autre chose qu'à Quinn. Cela ressemblait à la terreur qu'elle avait ressentie avant… mais ce n'était pas que de la terreur. Si bizarre que cela paraisse, cela ressemblait davantage à une sorte d'exultation.

Quinn la tenait serrée à lui en faire mal, mais plus fort que la sensation de ses bras, elle percevait son esprit, comme si un conduit direct s'était ouvert entre eux. Elle saisissait son étonnement, son émoi, sa perplexité et savait que c'était réciproque.

C'est de la télépathie, songea-t-elle en essayant désespérément de reprendre le contrôle de la situation. *Encore un truc de vampire.*

Et puis non, au fait, ce n'était pas un truc. Quinn était aussi stupéfait qu'elle... elle le sentit. Peut-être même était-il encore plus choqué qu'elle. Il haletait, lentement, profondément, et tremblait de tous ses membres.

Pour un peu, elle aurait eu envie de le rassurer, saisissant soudain combien, sous son aspect glacial, il pouvait être vulnérable.

Comme moi, j'imagine, songea-t-elle. Il captait sûrement sa fragilité. Cette idée l'affola. Elle essaya de lui résister, d'empêcher son esprit de s'ouvrir aussi facilement à lui, mais en vain. Il avait percé sa carapace.

– C'est bon, lâcha-t-il.

Elle s'aperçut alors qu'il avait cessé de trembler, que sa voix se teintait d'une affolante gentillesse ; puisqu'il ne pouvait s'empêcher d'être fou, autant l'être jusqu'à la démence.

Le plus étrange étant qu'elle trouvait la chose rassurante. En lui perçait maintenant le feu sous la glace, et Rashel avait l'étourdissante impression d'être la première à le découvrir.

Ils étaient tous deux tombés à terre, non loin du rayon de lumière, et Quinn la bloquait par les épaules avec une telle fermeté qu'elle en retenait sa respiration et demeurait totalement immobile.

Avec une parfaite assurance il entreprit de dénouer son foulard. Cependant, elle ne faisait rien pour l'en empêcher. Comme si elle avait envie qu'il la voie, qu'il sache qui elle était. Elle voulait se retrouver face à face avec lui dans cette étrange lumière qui enveloppait leurs deux esprits. Et peu importait ce qui se passerait ensuite.

– John.

L'air aussi préoccupé qu'un archéologue découvrant une statue antique, il continuait son mouvement.

– Tu ne m'as pas dit ton nom.

C'était une déclaration. Il ne l'interrogeait pas plus qu'il ne la contraignait.

Autant rédiger son propre arrêt de mort et le lui tendre. Quinn pouvait se révéler aux humains, mais il pouvait tout aussi bien s'éclipser, disparaître à volonté, se terrer dans quelque refuge de vampire sans que personne ne retrouve sa trace. Pas Rashel. Il la savait chasseuse de vampires ; s'il découvrait son nom et son visage, il aurait toute latitude de la détruire.

Le plus effrayant était que quelque part elle s'en fichait.

Il n'avait plus qu'un pli à soulever. Dans une seconde, il allait distinguer ses traits... d'autant que les vampires voient très bien dans le noir.

Je suis Rashel. Si elle ne parvint pas à l'articuler tout fort, elle laissa échapper un profond soupir.

À cet instant, elle fut éblouie par la lumière affreusement violente de plusieurs torches braquées de l'entrée de la salle, directement sur elle et Quinn.

Instinctivement, elle replaça son foulard, l'impression d'avoir été surprise nue, et s'aperçut avec horreur qu'elle n'avait rien entendu venir, tant elle s'était laissé absorber. D'un seul coup, elle avait oublié tout son entraînement. Que lui arrivait-il donc ?

On ne voyait rien derrière les lumières. Sur le moment, elle crut que c'étaient des amis de Quinn venus le sauver. Lui-même paraissait de cet avis, puisqu'il se tenait collé contre elle et la poussait même un peu derrière lui.

Jusqu'à ce qu'elle comprenne, le cœur serré, qu'elle n'arrivait plus qu'à deviner ce qu'il pensait. La connexion entre eux venait de se rompre.

Derrière l'éblouissante lumière retentit une voix sèche et indignée :

– Ne me dis pas qu'il s'est libéré tout seul ! Qu'est-ce que vous fabriquez, tous les deux ?

Vicky. Je perds la tête ! J'avais complètement oublié qu'ils allaient revenir, elle et les autres. Non, j'avais oublié qu'ils existaient.

Il y avait pourtant plus de trois torches dans l'escalier.

– Grand E nous a envoyé des renforts, disait Vicky.

Effectivement, Rashel comptait maintenant avec effroi au moins cinq lampes et distinguait les traits lourds de deux grands gaillards. Des Lancers.

C'était le moment ou jamais de reprendre ses esprits. Elle savait ce qui lui restait à faire. D'un coup d'épaule, elle alerta Quinn avant de lui glisser à l'oreille :

– Va-t'en vite ! Il doit y avoir un autre escalier au bout de la salle. Pendant ce temps, je vais les retenir.

Ce qu'il y avait de bien, avec le foulard, c'était que personne ne pouvait rien lire sur ses lèvres.

Pourtant, Quinn ne bougea pas, l'air abasourdi et furieux, comme si on venait de le réveiller à l'aide d'un seau d'eau glacée, les yeux écarquillés, tel un animal aux abois.

Les lumières avançaient. Rashel distinguait maintenant la silhouette de Vicky devant les autres. Il allait falloir se battre, sans doute à mort.

– Qu'est-ce qu'il t'a fait ? lança la voix de Steve.

– L'important, c'est ce qu'elle faisait avec lui, trancha Vicky. N'oubliez pas, vous autres : il nous le faut vivant !

Rashel envoya un nouveau coup de coude à Quinn.

– Va-t'en ! Allez ! Tu ne vois pas ce qu'ils veulent te faire ?

Il lui fit carrément face, tournant le dos à ses adversaires :

– Ils n'ont pas l'air non plus ravis de te retrouver.

– Pour moi, je gère, mais toi, disparais !

Apparemment, cette attitude exaspérait autant Quinn que l'attitude des chasseurs. Il n'avait pas l'habitude qu'on l'aide et supportait mal d'en avoir besoin.

Pourtant, il n'avait pas le choix. Après un dernier regard furibond, il fit ce qu'elle lui conseillait et s'éclipsa vers le fond de la cave.

Les torches s'agitèrent dans tous les sens et, contente de pouvoir enfin bouger, Rashel se rua dans l'escalier, au milieu des chasseurs. S'ensuivit une confusion générale, dans les cris, les heurts et les chutes. Trop contente de pouvoir passer sur eux son irritation, elle sema la discorde assez longtemps pour laisser au vampire le temps de disparaître.

Après quoi, elle demeura seule au milieu des sept combattants qui la toisaient d'un air sévère. Elle se releva, mit de l'ordre dans sa tenue, leur fit face la tête haute.

– Qu'est-ce qui s'est passé ? demanda de nouveau Steve. Il t'a hypnotisée ?

Ce bon vieux Steve ! Elle eut envie de le serrer dans ses bras ; mais impossible d'utiliser la porte de sortie qu'il lui offrait.

– Je n'en ai aucune idée.

D'ailleurs, c'était la pure vérité. Elle ne voyait pas la moindre explication à ce qui venait d'arriver. Jamais elle n'avait entendu parler d'une chose pareille.

– Je suis sûre que tu as fait exprès de le laisser partir, contra Vicky. C'était ce que tu voulais depuis le début… c'est pour ça que tu nous as envoyés dans la rue.

Rashel ne distinguait pas son regard bleu clair, mais elle aurait juré qu'en ce moment il était dur comme le marbre.

– C'est vrai ? Tu l'as fait exprès ?

Une lampe venait de s'abaisser, révélant Nyala à la voix implorante, au corps tendu d'anxiété.

D'un seul coup, Rashel se sentit très fatiguée. Nyala, si fragile et instable, la considérait jusque-là comme une héroïne. Pour la ménager, elle se serait presque sentie prête à mentir. Mais ce remède serait pire que le mal. Aussi finit-elle par répondre :

– Oui, je l'ai fait exprès.

Nyala tressaillit, comme si elle venait de recevoir une gifle.

Je te comprends, songea Rashel en détournant les yeux. *Moi aussi, je trouve ça dingue.*

À vrai dire, plus elle se détachait de la présence de Quinn, moins elle comprenait pourquoi elle avait agi ainsi. Elle avait l'impression d'émerger d'un rêve un peu flou.

– Mais pourquoi ? demanda un des Lancers.

Ils connaissaient sa réputation et l'appréciaient assez pour ne pas la descendre en flammes. Autant que Nyala, ils lui cherchaient désespérément des excuses.

– Je ne sais pas pourquoi, dit-elle en détournant les yeux. Mais il ne contrôlait pas mon esprit.

Nyala explosa.

– Je te déteste ! hurla-t-elle en tremblant. C'est peut-être ce vampire qui a tué ma sœur, ou alors il connaît celui qui l'a fait. Je voulais le lui demander, mais maintenant, c'est fichu. À cause de toi. Tu l'as laissé s'échapper. On le tenait et tu l'as laissé partir !

– Encore pire, cracha Vicky. On allait l'interroger sur les enlèvements de ces adolescentes. Maintenant, à cause de toi, il va y en avoir d'autres.

De fait, comment Rashel aurait-elle pu affirmer que Quinn n'avait pas tué la sœur de Nyala ?

– Tu es de leur côté, avoue ! reprit Vicky. Je l'avais vu depuis le début. Qui sait si tu ne fais pas partie de ce cercle de l'Aube, qui voudrait tous nous réconcilier ? En tout cas, tu n'es pas avec nous.

Deux Lancers s'indignèrent d'une telle accusation, mais ce fut la voix de Nyala qui les interrompit :

– Elle est avec eux ? Non, mais attendez que je dise autour de moi que le Chat, c'est Rashel et qu'elle est pour le Night World. Vous allez voir.

En pleine crise d'hystérie, songea Rashel. Même Vicky paraissait surprise, mal à l'aise d'avoir déclenché un tel esclandre.

– Écoute... commença Rashel.

Mais Nyala semblait atteindre un tel pic de fureur que rien ne pouvait plus la calmer.

– Je vais le crier sur tous les toits de Boston ! Vous allez voir !

Là-dessus, elle fila vers l'escalier, comme si elle comptait s'y mettre aussitôt.

– Tu ferais mieux d'envoyer deux de tes gars la chercher, conseilla Rashel à Vicky. Elle risque sa vie, dans un tel quartier.

– C'est vrai ! acquiesça cette dernière en sursautant. Allez-y tous, les mecs, sauf Steve. Et conduisez-la chez elle.

Ce qu'ils firent, non sans jeter quelques regards en coin sur Rashel.

– On va te raccompagner, reprit ensuite Vicky d'un ton moins agressif qu'au début.

– J'ai ma voiture qui m'attend.

– Comme tu voudras. Tu sais, elle ne va sans doute pas faire ce qu'elle a dit. Elle est juste bouleversée.

Rashel ne répondit pas. Nyala paraissait au contraire bien déterminée à faire ce qu'elle avait dit. Et alors...

Alors, ce serait à qui tuerait Rashel le premier, des vampires ou des chasseurs.

Ce mercredi matin s'annonçait froid et pluvieux. Perdue dans ses pensées, Rashel eut du mal à suivre ses cours. Sa famille d'accueil la laissant faire à peu près ce qu'elle voulait, quand elle rentra, elle trouva la maison vide, comme toujours. Elle se réfugia dans sa petite chambre, n'alluma qu'une lampe et continua de réfléchir.

Elle ne comprenait toujours pas ce qui lui était arrivé, mais plus le temps passait, moins elle en conservait de détails. C'était trop bizarre pour coller à la réalité de la vie, ça ressemblait de plus en plus à un rêve. Un de ces rêves dans lesquels on accomplissait des actes impensables, au point d'en avoir honte au réveil.

Cette chaleur, cette proximité… dire qu'elle les avait éprouvées en présence d'un vampire ! Elle s'était émue au contact d'un parasite ! Elle avait eu envie de réconforter une sangsue ?

En outre, pas n'importe quelle sangsue. Le tristement célèbre Quinn. Le légendaire ennemi des humains. Comment avait-elle pu le laisser fuir ? Combien de gens allaient souffrir de cette faute de jugement ?

Qui sait ? conclut-elle. Finalement, il avait peut-être bien pris le contrôle de son esprit. Vicky avait eu raison d'évoquer les conséquences de son acte. Sur le moment, Rashel n'y avait pas réfléchi, mais maintenant elle devait assumer. Et rétablir les choses.

À elle, désormais, de retrouver ces filles kidnappées… si toutefois on avait kidnappé des filles, car aucune nouvelle de ce genre n'apparaissait dans le *Globe*. En revanche, si c'était vrai, Rashel devait intervenir… dans la mesure de ses moyens.

Bon. D'abord, retourner à Mission Hill dès ce soir, pour mener l'enquête du côté des entrepôts… à sa façon, cette fois.

Et ce n'était pas tout ; il devenait de plus en plus clair qu'elle allait devoir également faire quelque chose, non pas pour Nyala, ni pour Vicky ni pour les Lancers, mais juste pour elle-même, pour son honneur et pour tous ceux qui vivaient au grand jour.

La prochaine fois qu'elle verrait Quinn, elle le tuerait.

Rashel longeait silencieusement la rue déserte en s'efforçant de rester dans l'ombre. Pas facile sur ce sol humide, jonché d'éclats de verre. Il n'y avait ni trottoirs ni plantes d'aucune sorte, à part la mauvaise herbe desséchée des terrains vagues ; rien que des ordures abandonnées et des tessons de bouteilles.

Sinistre endroit, qui collait finalement assez avec son humeur, alors qu'elle parvenait en vue de la barre d'immeubles désaffectés où Vicky les avait emmenés la veille.

Devant l'entrée, elle commença par jeter un regard circulaire sur le reste de la rue, essentiellement peuplée d'entrepôts, certains protégés de hautes palissades cadenassées et surmontées de barbelés. Les rares fenêtres étaient barrées de planches et les portes remplacées par des rideaux métalliques de garage.

Peu importaient à Rashel ces mesures de sécurité. Elle savait couper un grillage et forcer une serrure. Simplement, elle ne savait pas par où commencer.

Les créatures de la nuit pouvaient utiliser n'importe lequel de ces entrepôts ; inutile de se fixer sur celui où Steve et Vicky avaient affronté Quinn, puisque c'était lui qui les avait attaqués. Autrement dit, il avait accès à tous les bâtiments de cette rue, ou d'ailleurs...

Bon, il s'agissait avant tout d'être patiente. Elle n'avait qu'à commencer par un bout...

Brusquement, elle bondit en arrière, avant de comprendre pourquoi elle avait fait ça. Ses oreilles avaient repéré un son... un sourd grondement provenant de l'autre côté de la rue.

Plaquée contre le mur de briques, elle s'immobilisa totalement tout en inspectant les alentours et en retenant son souffle.

Là. Ça provenait de cet entrepôt-là. Celui qui se trouvait à l'autre bout de la rue, et elle reconnaissait ce bruit... le ronronnement d'un moteur.

Le vantail se soulevait lentement, révélant les phares d'une fourgonnette ; une silhouette s'en approcha, se glissa au volant. Plissant les yeux, Rashel essayait de déterminer s'il s'agissait ou non d'un vampire ; certes, la démarche lui semblait fluide, mais elle se trouvait beaucoup trop loin pour pouvoir l'affirmer. Et aucun autre signe ne lui sauta aux yeux.

Ce pouvait aussi bien être un humain. Quelque propriétaire d'entrepôt qui rentrait chez lui après avoir terminé ses comptes.

Cependant, si elle se fiait à son instinct, elle avait une tout autre impression. Au point d'en avoir froid dans le dos.

Alors que la fourgonnette démarrait, un événement se produisit, qui chassa ses derniers doutes et la fit cavaler à travers la rue.

La portière arrière s'entrouvrit, laissant tomber une mince jeune fille dont les cheveux blonds brillèrent à la lumière d'un réverbère. Elle atterrit sur la chaussée jonchée d'ordures et demeura un instant sur place, comme hébétée. Puis elle se releva vivement, regarda autour d'elle et courut dans la direction de Rashel.

7

Le temps que Rashel intercepte la jeune fille, la fourgonnette faisait déjà demi-tour et une voix criait :

– Elle est partie ! On en a perdu une !

– Par ici ! souffla Rashel en lui faisant signe.

Minuscule, les cheveux ébouriffés sur le front, le souffle court, la rescapée écarquilla des yeux terrifiés en la voyant arriver, et tenta de s'enfuir à nouveau. Mais Rashel parvint à l'intercepter d'un geste vif.

– Je suis une amie ! Viens ! Il faut passer par des ruelles où ils ne pourront pas nous suivre.

Les phares revenaient dans leur direction. Rashel prit carrément la fille par la taille et l'entraîna vers un passage entre deux entrepôts. Si c'étaient vraiment des vampires qui les poursuivaient, leur seule chance à toutes deux était d'atteindre sa voiture. Les vampires couraient beaucoup plus vite que les humains.

Elle avait choisi ces deux entrepôts parce que la palissade qui les séparait n'était pas trop haute et dépourvue de barbelés. Arrivée devant, elle poussa un peu la fille blonde.

– Grimpe !

– Je peux pas, balbutia l'autre.

En y regardant de plus près, Rashel dut reconnaître que c'était sans doute la pure vérité. Cette gamine ne devait jamais rien avoir escaladé de sa vie, et portait une tenue de soirée avec des talons aiguilles.

Derrière elle, le moteur de la fourgonnette venait de ralentir.

– C'est obligé ! insista-t-elle. Sauf si tu veux rester avec eux.

Croisant les mains, elle lui fit un marchepied.

– Grimpe, et tâche de t'accrocher au moment où je te pousserai.

La fille avait l'air trop épouvanté pour ne pas faire ce qu'on lui disait. Elle posa le pied dans les mains de Rashel à l'instant même où les phares s'éteignaient.

Il fallait s'y attendre. L'obscurité constituait un avantage pour les vampires ; ils allaient courir à leur poursuite.

Elle respira un bon coup, puis propulsa la fille en l'air ; celle-ci jaillit au sommet de la palissade dans un cri perçant.

Rashel l'y rejoignit, balança ses jambes de l'autre côté, atterrit sans bruit sur le sol et tendit les bras vers sa protégée.

– Vas-y, je t'attrape.

– Peux pas, gémit la blonde.

– Allez !

Elle se laissa tomber. Rashel amortit le choc, l'aida à se relever et l'entraîna par le coude.

– C'est parti !

Tout en cavalant, Rashel inspectait les bâtiments qui les entouraient. Il lui fallait un coin, un endroit où elle puisse placer la fille à l'abri derrière elle. Dans un angle, elle parviendrait à se défendre… s'il n'y avait pas plus de deux ou trois vampires.

– Ils sont combien ? demanda-t-elle.

– Hein ?

– Ils-sont-combien ?

– J'en sais rien, je peux plus courir !

La blonde s'arrêta net, se plia en deux, les mains sur les genoux, à essayer de reprendre son souffle.

– J'ai les jambes… en compote.

Inutile d'insister, songea Rashel consternée. Impossible d'attendre d'elle la moindre résistance contre des vampires. Pourtant, si elles s'arrêtaient là, elles étaient mortes.

Alors qu'elle cherchait désespérément autour d'elle, lui sauta aux yeux cette tradition purement bostonienne : une voiture abandonnée. Dans cette ville, quand on avait assez d'un véhicule, on le déposait sur un quai désert. Et Rashel de bénir mentalement le généreux donateur qui lui avait laissé la sienne. Si, toutefois, elle parvenait à y entrer…

– Par ici !

Sans laisser à la fille le loisir de protester, elle l'entraîna de nouveau.

– Allez, viens ! Tu vas y arriver. Va t'asseoir dans cette bagnole, et tu n'auras plus besoin de courir.

Cette promesse parut inspirer sa protégée, qui galopa encore quelques mètres. L'une des vitres arrière présentait carrément un trou.

– Par là !

Comme elle était menue, la fille n'eut pas trop de mal à se faufiler à l'intérieur, suivie de Rashel qui la poussa vers le sol en soufflant :

– Plus un bruit.

Elle-même s'était allongée à l'avant et n'eut pas longtemps à attendre avant de repérer des bruits de pas.

Des pas légers et souples, une démarche de félin en chasse, de vampire dans la nuit. Rashel retint son souffle et attendit.

Plus près, de plus en plus près… Elle sentait la fille trembler. Les yeux fixés sur le plafond de la voiture, elle cherchait comment se défendre si elles se faisaient repérer.

Les pas arrivaient maintenant à leur hauteur ; un éclat de verre grésilla à quelques mètres de la voiture.

Pourvu qu'ils ne soient pas accompagnés d'un loup-garou ! Car si les vampires voyaient et entendaient mieux que les humains, les canins reniflaient leurs proies ; jamais ils ne manqueraient l'odeur d'un humain dans une voiture.

Dehors, les pas s'étaient arrêtés. Elle sentit son cœur se serrer. Les yeux grands ouverts, elle posa silencieusement la paume sur son sabre.

Les pas reprirent… pour s'éloigner. Toujours immobile, elle les écouta disparaître, ne bougea pas avant d'avoir compté jusqu'à deux cents.

Alors seulement elle se redressa, regarda autour d'elle.

Pas de trace de vampire.

– Je peux me relever, maintenant ? geignit une petite voix au sol.

– Si tu te tiens tranquille, murmura Rashel. Ils peuvent se trouver encore dans les parages. Il va falloir qu'on rejoigne ma voiture sans se faire prendre.

– Ça ira, tant qu'on ne doit pas courir… marmonna la fille, plus échevelée que jamais. Vous avez déjà essayé de courir sur des talons de dix centimètres ?

– Je ne porte jamais de talons, répliqua Rashel en surveillant la rue. Bon, je vais sortir la première et je te dirai quand me suivre.

Elle repassa par la fenêtre, et la fille sortit la tête :

– Avec vous, les portes, ça sert à rien ?

– Chut ! Viens.

Toutes deux se faufilèrent dans l'ombre des ruelles. Au moins la blonde ne faisait-elle pas de bruit, malgré ses talons. Et elle avait le sens de l'humour, même en plein danger. C'était rare.

Rashel poussa un soupir de soulagement quand elles atteignirent l'étroite venelle où elle avait garé sa voiture. Car elles n'étaient pas encore à l'abri. Il fallait quitter Mission Hill.

– Où habites-tu ? demanda-t-elle en démarrant.

Comme elle ne recevait pas de réponse, elle se tourna vers la fille, pour constater que celle-là la considérait d'un regard circonspect.

– Euh… pourquoi vous êtes habillée comme ça ? Et puis, vous êtes qui ? Enfin, je suis contente que vous m'ayez sauvée. Mais j'y comprends rien.

Rashel hésita. Cette fille pouvait lui fournir des informations, mais cela prendrait du temps… exigerait une bonne dose de confiance. Saisie d'une impulsion, elle dénoua son foulard d'une main, révélant son visage.

– Je t'ai dit que j'étais une amie. Maintenant, explique-moi : tu sais qui étaient ces gens dans la fourgonnette ?

La fille se détourna. Elle, qui tremblait déjà de froid, se mit à trembler plus fort encore.

– C'étaient pas des gens, mais des… beurk !

– Bon, je vois. Il se trouve que je fais partie de ceux qui les pourchassent.

Le regard de la fille passa du visage de Rashel à son sabre déposé entre elles. Elle en resta bouche bée.

– C'est pas vrai ! Vous êtes Buffy, la tueuse de vampires ?

– Hein ? Ah, oui !

Rashel ne connaissait de la série que le nom.

– Si tu veux. Tu n'as qu'à m'appeler Rashel. Et toi… ?

– Daphné Childs. Et j'habite à Somerville, mais j'ai pas envie de rentrer chez moi.

– Ça tombe bien, parce que je voudrais te parler. On va se chercher un café ouvert.

Elles en trouvèrent un à la sortie de Boston, que Rashel savait protégé du Night World. Elle enfila un manteau par-dessus son costume de ninja et prêta à Daphné une veste qu'elle avait sortie de son coffre. Toutes deux entrèrent, puis commandèrent des beignets et un chocolat chaud.

– Bon, dit alors Rashel. Raconte-moi ce qui s'est passé. Qu'est-ce que tu faisais dans cette fourgonnette ?

Daphné se réchauffait les mains sur son mug de chocolat.

– Ça craignait trop...

– Je sais.

Rashel essayait de parler d'une voix douce, malgré son manque d'expérience en la matière.

– Essaie quand même de me raconter. Commence déjà par le commencement.

– D'accord. Ça a commencé à la Crypte.

– Euh... comme les *Contes*... ? Ou dans un vieux cimetière ?

– Comme dans le club de Prentiss Street. C'est un club underground, un vrai, connu seulement de ceux qui y vont, des gens qui ont tous notre âge, seize ou dix-sept ans. Je n'y vois jamais d'adultes, même pas des DJ.

– Continue, dit Rashel captivée.

Les créatures de la nuit avaient des clubs qu'ils savaient fort bien cacher aux humains. Et si Daphné était tombée sur l'un d'eux ?

– C'est un endroit trop cool. Enfin, je croyais. Ils y font une musique d'enfer. C'est plus du metal, ni du goth, c'est comme du void rock. Rien qu'à l'écouter on se sent trop bizarre, on plane. Et c'est décoré comme un paysage après la bombe. Ou alors le monde souterrain…

Le regard bleu vif de Daphné semblait perdu dans le vague, comme hypnotisé.

Rashel lui tapota la main et un peu de chocolat tomba sur la table.

– Tu revivras ça une autre fois. Qu'est-ce qu'il y avait comme sortes de clients ? Des vampires ?

– Oh, non ! Juste des gens normaux. Plusieurs élèves de mon lycée. Et aussi beaucoup de fugueurs. Des jeunes des rues, vous savez.

Rashel cligna des yeux.

– Des fugueurs…

– Oui. Ils sont souvent très cool, sauf ceux qui se cament. Ceux-là, ils vous donnent les jetons.

Un club illégal, fréquenté par des fugueurs dont beaucoup feraient n'importe quoi pour un peu de drogue. Rashel en avait la chair de poule.

Là, je crois que je suis tombée sur un truc énorme.

– Enfin voilà, continuait, Daphné. Ça faisait trois semaines que j'y allais, chaque fois que je pouvais partir de chez moi…

– Tu n'en as pas parlé à tes parents.

– Vous rigolez ? On ne parle pas de ce genre d'endroit aux parents. En même temps, les miens n'en ont rien à fiche de ce que je fais. J'ai quatre sœurs et deux frères, et ma mère et mon beau-père sont en plein divorce… ils s'en aperçoivent même pas, quand je sors.

– Continue, dit Rashel d'un ton grave.

– Alors, j'ai rencontré un type absolument super et très mystérieux et… enfin complètement différent de tous les autres. Je croyais qu'il s'intéressait à moi parce que je l'ai vu me regarder une ou deux fois, alors, je me suis arrangée pour me mêler au groupe de filles qui traînaient avec lui. On parlait de drôles de choses.

– Genre ?

– Genre se noyer dans l'obscurité, et ces trucs-là. Vous savez, c'était comme la musique… on était trop dans la mort. Comme, par exemple, quelle serait la plus horrible façon de mourir, ou la plus affreuse torture, ou la tête qu'on ferait dans la tombe. Des trucs comme ça.

– Mais pourquoi ? demanda Rashel dégoûtée.

– J'en sais rien.

Daphné paraissait plus petite que jamais, et infiniment triste.

– C'est peut-être parce qu'on trouvait tous la vie complètement pourrie. Alors, on pense à des choses horribles, pour s'habituer. Enfin… vous ne devez pas comprendre…

Rashel comprenait très bien. Ces jeunes dépressifs avaient peur de l'avenir, et tentaient de l'exorciser en s'habituant à la douleur. Ils n'échappaient au vide de la mort qu'en la côtoyant.

Mais suis-je tellement différente ? Avec mon obsession des vampires… ça n'a rien de normal ni de sain. Je passe ma vie à côtoyer la mort.

– Navrée, commenta-t-elle d'un ton radouci. Je n'aurais pas dû crier après toi, je te comprends parfaitement. Continue, s'il te plaît.

Daphné paraissait encore sur la défensive.

– Euh… Il y avait des filles qui écrivaient des poèmes sur la mort… et d'autres qui se piquaient avec des aiguilles et léchaient leur sang. Elles disaient qu'elles étaient vampires, enfin elles faisaient semblant.

Elle jeta un regard provocateur à Rashel, qui se contenta de hocher la tête.

– Alors, j'ai fait comme elles. Et ce type, Quinn, ça avait l'air de lui plaire… hé, attention !

Daphné fit un écart pour éviter une vague de chocolat chaud. Le mouvement brusque de Rashel avait secoué sa tasse.

Mais qu'est-ce qui m'arrive ?

– Excuse-moi, dit-elle entre ses dents.

Et de saisir une serviette pour essuyer la table.

Elle aurait pourtant dû s'attendre à ça. D'ailleurs elle s'y attendait. Quinn devait forcément être mêlé à cette histoire. Pourtant, elle avait sursauté en entendant son nom.

– Donc, reprit-elle, le type absolument super s'appelait Quinn.

– Ouais. Et moi, je croyais qu'il commençait à m'aimer. Il m'a dit de venir au club dimanche dernier, pour le retrouver seul dans le parking.

– Et bien sûr, tu y es allée.

Je vais le tuer !

– Ouais. Je me suis sapée... Enfin, c'étaient des belles fringues, avant... Alors je l'ai retrouvé, et on est allés dans sa voiture, et là, il a dit qu'il m'avait choisie. J'étais tellement heureuse que j'ai failli m'évanouir. Je croyais qu'il voulait parler de moi comme de sa copine. Sauf que...

Daphné s'interrompit, l'air soudain angoissé.

– ... Là, il m'a demandé si je voulais vraiment me noyer dans l'obscurité. Ça faisait tellement romantique !

– Tu m'étonnes.

La tête appuyée sur la main, Rashel imaginait parfaitement la scène, la totale escroquerie. Quinn attirait les filles dans son piège, vérifiait celles dont l'absence passerait inaperçue, puis les entraînait vers le parking où personne ne remarquerait son manège. On ne ferait même pas le rapport avec la Crypte. Qui se soucierait de l'absence de certaines habituées ? Les filles, ça allait et venait...

Ainsi, les journaux n'en parlaient pas, car le monde de la lumière ne savait même pas que des filles s'évaporaient dans la nuit. Sans doute ne se débattaient-elles pas pendant leur enlèvement, car elles étaient consentantes... du moins au début.

– Ça a dû te faire un choc, commenta Rashel, de découvrir qu'il existait vraiment une obscurité où se noyer.

– Euh, ouais... plutôt. Mais sur le moment, je ne m'en suis pas vraiment aperçue. J'ai juste dit d'accord. Enfin, ça m'a fait le même effet que s'il m'avait proposé de revoir des vieilles séries ou d'écouter de l'accordéon avec lui. Il était tellement beau ! J'aurais fait n'importe quoi pour lui. Et il me regardait d'un air tellement tendre ! Je croyais qu'il allait m'embrasser. Et là... je me suis endormie.

– Endormie... Comme ça ?

– Oui. Je sais que ça paraît dingue, mais quand je me suis réveillée, je me suis retrouvée dans cette espèce de petit bureau de l'entrepôt, sur un lit de camp en fer, avec juste un matelas plein de trous, et j'avais une chaîne à la cheville comme dans une prison. Et Quinn était parti, et il y avait deux autres filles, enchaînées elles aussi.

D'un seul coup, elle fondit en larmes.

Mal à l'aise, Rashel lui tendit une serviette.

– Elles venaient également de la Crypte ?

– J'en sais rien ! Peut-être. Mais elles ne parlaient pas. Comme si elles étaient en transe. Elles restaient là, allongées, juste à regarder le plafond.

– Et toi, tu n'étais pas en transe, observa Rashel songeuse. Tu avais réussi à sortir du contrôle mental de Quinn. Tu dois être aussi résistante que moi.

– J'y connais rien en contrôle mental. Mais j'avais tellement peur que j'ai fait comme si j'étais dans le même état que les autres filles, quand le type est venu nous apporter à manger et nous emmener aux toilettes. Je regardais droit devant moi, comme elles. Je me disais que comme ça, je trouverais peut-être un moyen de m'enfuir.

– Bien joué ! Et ce type, c'était Quinn ?

– Non, lui, je l'ai jamais revu. C'était un mec blond du club, qui s'appelait Ivan ; je le surnommais Ivan le Terrible. Et il y avait aussi une fille qui nous apportait à manger, quelquefois. Je ne sais pas son nom, mais je l'avais vue au club, elle aussi. Ils étaient comme Quinn, chacun avec son petit groupe, vous voyez.

Ainsi, Quinn avait au moins deux complices, conclut Rashel. Et sans doute davantage.

– Ils nous ont pas fait de mal. Et le bureau était chauffé, et la nourriture, ça allait… mais j'avais tellement peur… Je pigeais rien à ce qui m'arrivait, je ne savais pas où était Quinn, ni comment j'étais arrivée là ni ce qu'ils allaient faire de nous.

Elle déglutit.

Rashel ne comprenait pas davantage. Que pouvaient attendre les vampires de ces filles dans l'entrepôt ? A priori, ils ne voulaient pas les tuer.

– Et puis, cette nuit… reprit Daphné d'une voix tremblante… Cette nuit, Ivan a ramené une autre fille. Il la portait sur l'épaule et l'a déposée sur un autre lit de camp. Et… et là… là, il l'a mordue. Dans le cou. Pas pour faire semblant, cette fois.

Ses yeux bleu vif étaient écarquillés d'horreur.

– Il l'a vraiment mordue, elle s'est mise à saigner, et il a bu son sang. Et quand il a relevé la tête, j'ai vu ses dents.

Elle respirait à peine.

– C'est bon, dit Rashel. Tu es en sécurité, ici.

– Je savais pas que ça existait. Je croyais que c'était juste… Je savais pas…

– Oui, ça fait un grand choc. Mais tu t'en es très bien tirée, tu as réussi à t'échapper de cette fourgonnette. Tiens, raconte-moi ça.

– Euh… c'était hier soir. Grâce à la petite lucarne en haut du mur, je voyais quand le jour tombait. Ivan et la fille sont venus nous détacher et nous ont conduites à la fourgonnette. Là, j'ai eu vraiment peur… je ne savais pas où ils nous emmenaient, mais j'avais entendu parler d'un bateau, et je ne voulais absolument pas y monter.

– Tu avais bien raison.

– Alors, j'ai regardé comment il fermait la portière. Il était monté à l'arrière avec nous. Mais dès qu'il a détourné les yeux, j'ai sauté sur la poignée et j'ai ouvert. Et je suis tombée. Et là, j'ai couru… n'importe où. Il fallait que je m'enfuie. Alors, je vous ai vue. Et… enfin, je crois que vous m'avez sauvé la vie. Euh… pardon, je ne crois pas que je vous aie dit merci…

Rashel l'excusa d'un geste de la main.

– Pas de problème. C'est toi qui t'es sauvée.

Elle essuya une autre tache de chocolat qu'elle n'avait pas vue.

– Merci, insista Daphné. Je ne sais pas ce qu'ils voulaient me faire, mais ce devait être horrible, de toute façon.

Après une pause, elle reprit :

– Hé, Rashel ? Vous savez ce qu'ils allaient me faire ?

– Hein ? Oh… Oui, je crois.

8

– Alors ? demanda Daphné.

– Je crois que c'est du trafic d'esclaves.

C'est bien ce que je pensais. Je suis tombée sur un truc énorme.

Le trafic d'esclaves du Night World avait été aboli depuis le Moyen Âge, pour autant qu'elle se souvienne de ses lectures. À ce que l'on disait, le Conseil avait apparemment décrété qu'enlever des humains et les vendre aux créatures de la nuit pour leur nourriture ou leur seule distraction était devenu trop dangereux. Pourtant, il semblait que Quinn ait décidé de relancer cette pratique, apparemment sans en référer au Conseil. Il savait faire preuve d'initiative.

J'avais raison de vouloir le tuer. Maintenant, c'est sûr, il est encore pire que je ne l'avais imaginé.

Daphné roulait des yeux ronds.

– Ils voulaient me vendre comme esclave ? s'écria-t-elle.

– Chut ! souffla Rashel en jetant un coup d'œil vers le barman. Je crois bien que oui. Tu sais, une sorte de garde-manger perpétuel si tu étais destinée aux vampires, et juste un dîner si c'était aux loups-garous.

La blonde répéta *loups-garous* sans qu'un son ne sorte de sa gorge, mais Rashel reprit la parole avant elle :

– Tu n'as aucune idée de l'endroit où ils vous emmenaient ? Tu as parlé d'un bateau. Mais qui partait dans quelle direction ? Vers quelle ville ?

– J'en sais rien. Ils n'ont jamais parlé d'aucune ville. Ils ont juste dit que le bateau était prêt… et quelque chose à propos d'une clave…

– Une enclave ! s'exclama Rashel en lui prenant la main. Ils parlaient d'une enclave ?

– Oui, ça doit être ça.

Énorme découverte, plus qu'énorme, incroyable !

Une enclave de vampires. Les filles kidnappées devaient être entreposées dans un de ces bastions secrets qu'aucun chasseur de vampires n'avait jamais pu pénétrer. Pas un humain n'avait pu en repérer un seul.

Si elle pouvait s'y rendre… y entrer…

Elle en apprendrait assez pour détruire toute une ville de vampires. Effacer une enclave de la surface de la terre. Elle savait que c'était possible.

– Aïe, Rashel, vous me faites mal !

– Pardon, s'excusa celle-là en lâchant la main de Daphné. Écoute, je t'ai sauvé la vie, d'accord ? Ils allaient te faire des choses horribles. Alors, tu vas m'aider, maintenant.

– Oui, bien sûr. Mais vous allez bien ?

– Très bien. Seulement, tu vas me dire tout ce que tu sais à propos de ce club. Tout, pour que je puisse m'y rendre et être choisie.

– Là, non, vous délirez !

– Pas du tout. Je sais ce que je fais. Tant qu'ils ignoreront que je suis chasseuse de vampires, ça ira. Il faut absolument que j'entre dans cette enclave.

Daphné secoua lentement sa tête blonde.

– Vous comptez les descendre tous ? À vous seule ? On ne ferait pas mieux d'avertir la police ?

– Pas à moi seule. Je pourrais emmener quelques autres chasseurs pour m'assister. Quant à la police… Bon, je crois que je te dois quelques explications. D'abord, que je te parle du Night World. Dis-moi, avant de rencontrer ces vampires, tu n'as pas eu l'impression qu'il se passait des choses bizarres, que plusieurs mondes risquaient de se mélanger dans ce club ?

Elle présenta les choses aussi simplement que possible, en s'efforçant de répondre patiemment aux questions de Daphné, qui semblait s'affoler davantage à mesure qu'elle apprenait de nouveaux détails.

– Alors ils sont partout ! conclut-elle l'air encore incrédule. Dans la police, au gouvernement, et personne ne peut rien y faire ?

– Les seuls qui réussissent à faire quelque chose sont ceux qui opèrent en secret, par petits groupes ou seuls. On se cache. On fait très attention. Et on les élimine un par un. C'est la vie des chasseurs de vampires. Tu comprends, maintenant, pourquoi il est si important pour moi de pénétrer dans cette enclave ? C'est une chance inespérée d'y surprendre tout un groupe à la fois, de les en déloger. Sans parler de mettre fin à ce trafic d'esclaves. Tu ne crois pas qu'il faudrait arrêter ça ?

Daphné ouvrit la bouche, la referma.

– D'accord, finit-elle par soupirer. Je vais vous aider. Je vous soufflerai ce qu'il faut dire, comment vous présenter. Enfin, tout ce qui a marché pour moi. D'abord, il va falloir vous habiller autrement...

– Je vais prévenir d'autres chasseurs, et on se retrouvera demain à la sortie des cours, disons à dix-huit heures trente. Là, je vais te ramener chez toi, il va te falloir dormir un peu.

Elle s'attendait à une objection de Daphné, mais celle-là hocha la tête en soupirant.

– C'est vrai, après ce que vous m'avez appris, je me sentirai plutôt mieux chez moi.

–Une dernière chose : ne raconte à personne ce qui t'est arrivé. Dis n'importe quoi, que tu as fait une fugue ou je ne sais quoi, mais pas la vérité. D'accord ?

– D'accord.

– Et surtout, ne parle pas de moi, à qui que ce soit. Ma vie en dépend.

– Elliot n'est pas là.

La voix au téléphone était plus froide et hostile que jamais.

– Vicky, insista Rashel, il faut absolument que je lui parle. À lui ou à quelqu'un d'autre. Je t'assure, je tiens une chance unique d'accéder à une enclave. La fille de l'entrepôt les a entendus en parler.

On était vendredi après-midi, et Rashel appelait d'une cabine à proximité du lycée.

– On a surveillé cette rue l'autre soir, insista pesamment Vicky, et on n'a rien vu. Et toi, comme par hasard, tu te trouves juste sur place au bon moment pour aider une fille à s'enfuir.

– Oui, je t'ai déjà raconté ça.

– Ça tombait bien, non ?

Rashel agrippa son combiné.

– Qu'est-ce que ça veut dire ?

– Déjà qu'il serait effroyablement dangereux de pénétrer dans une enclave de vampires, qu'ensuite il faudrait faire drôlement confiance à la personne qui te donnerait des informations à ce sujet. Tu devrais être certaine qu'il ne s'agit pas d'un piège.

– C'est bon, je vois...

– Dis-toi que tu n'es plus très crédible par ici, depuis que tu as laissé un vampire s'enfuir. Pour moi, cette histoire d'enclave ressemble furieusement à ce que tu ferais si tu étais de mèche avec eux.

Génial ! Tout ce que j'ai réussi, c'est la convaincre que j'étais pour les vampires.

– C'est ce que Nyala répète partout ? demanda-t-elle à haute voix. Que je collabore avec le Night World ?

– Je ne sais pas ce que fait Nyala, marmonna Vicky d'un ton hargneux. Je ne l'ai pas vue depuis mardi, et chez elle il n'y a personne.

Rashel s'efforça de garder son calme :

– Tu pourrais au moins en parler à Elliot ? Comme ça, il m'appellera s'il veut.

– Compte là-dessus ! maugréa Vicky en raccrochant.

Génial. Fantastique. Rashel se demandait s'il fallait espérer qu'Elliot la rappelle ou que Vicky lui passe seulement le message.

Une seule conclusion s'imposait : elle ne pouvait compter sur l'aide des Lancers. Ni d'aucun autre chasseur de vampires. Car Nyala devait avoir répandu toutes sortes de rumeurs. Inutile donc d'appeler un autre groupe.

Elle n'avait pas le choix. Elle devait agir seule.

Ce soir-là, elle se rendit chez Daphné.

– Elle est consignée, lui annonça Mme Childs à la porte.

Ce petit bout de femme portait un bébé sur un bras, un Pampers dans la main et retenait un bambin accroché à sa jambe.

– Maintenant, si vous voulez monter… ajouta-t-elle.

À l'étage, Daphné dut renvoyer une petite sœur de sa chambre pour inviter Rashel à entrer.

– Vous voyez, se lamenta-t-elle, j'ai même pas de chambre à moi.

– Et tu es punie, mais bien vivante. Bonjour quand même.

– Pardon, bonjour ! dit-elle avant de s'asseoir en tailleur sur son lit. Vous portez des vêtements normaux, maintenant.

Rashel jeta un coup d'œil à son pull et à son jean.

– Oui, la tenue ninja, c'est juste mon uniforme de travail.

Daphné sourit.

– Il va quand même falloir mettre autre chose, si vous voulez entrer au club. On commence maintenant ou on attend les autres ?

Rashel jeta un regard à la rangée de bouteilles de parfum qui ornaient la commode, avant de laisser tomber :

– Personne d'autre ne va venir.

– Mais je croyais...

– Bon, c'est difficile à expliquer, mais j'ai un petit problème avec les chasseurs de vampires du coin. Je vais devoir me passer d'eux. Tant pis. On peut commencer maintenant.

– Alors...

Daphné fit la moue. Elle était très différente de la blonde échevelée de la nuit passée. Cette fois, elle était sagement coiffée et offrait un immense regard bleu et innocent dans un joli visage rond. Avec ses habits de tous les jours, son petit air tranquille, elle ressemblait à n'importe quelle adolescente sage. C'était Rashel qui se sentait totalement déplacée, maintenant.

– Vous voulez qu'on prévienne un de vos amis ou quelqu'un ? reprit Daphné.

– Je n'ai pas d'amis, et je n'en veux pas. Je ne peux pas m'encombrer de ce genre de bagages. Je n'ai pas le temps.

– Pourtant, au lycée…

– J'en change tous les ans, comme de familles d'accueil et de villes. Ça me permet de ne m'occuper que des vampires. Bon, mais il ne s'agit pas de moi, pour le moment. Ce que je veux savoir…

– Mais…

Daphné s'était tournée vers la glace et, suivant son regard, Rashel s'aperçut que la surface en était presque entièrement recouverte de photos de Daphné avec des garçons ou avec d'autres filles. Elle devait avoir des amis à la pelle.

– Mais vous ne vous sentez pas un peu seule ?

– Pas du tout, maugréa Rashel en repoussant le petit coussin de dentelle près de ses genoux. Je me sens très bien comme ça. Bon, c'est fini, la conférence de presse ?

L'air vexé, Daphné fit oui de la tête.

– D'accord. J'ai discuté avec quelques personnes du lycée, et elles m'ont dit que tout se passait comme d'habitude au club… sauf que Quinn n'est pas revenu depuis dimanche. Ivan et la fille étaient là lundi et mercredi, mais pas Quinn.

– C'est vrai ?

Intéressant. Depuis le début, elle savait que ce serait Quinn qui lui poserait les plus grosses difficultés. Les autres vampires ne l'avaient pas aperçue…

ils ne devaient même pas se douter que Daphné s'était enfuie en compagnie d'une chasseuse de vampires. En revanche, Quinn lui avait parlé ; ils avaient été un instant très proches.

Néanmoins, qu'avait-il pu distinguer d'elle au juste, dans cette cave, malgré sa vision nocturne ? Pas son visage, même pas ses cheveux. Sa tenue de ninja la couvrait de la tête aux pieds. Tout juste pouvait-il sans doute affirmer qu'elle était grande. Si elle changeait de voix et gardait les yeux baissés, il ne devrait même pas la reconnaître.

Cela dit, autant qu'il ne soit pas là, cela faciliterait les choses à Rashel ; ainsi, elle n'aurait plus à s'occuper que d'Ivan.

– Au fait, reprit-elle. Ivan et la fille... leurs petits groupes tournent aussi autour de la mort ?

– Ouais, grave, comme tout le monde là-bas. C'est l'endroit qui veut ça.

Autrement dit, un endroit parfait pour les vampires. Rashel en venait à se demander si ce club appartenait aux créatures de la nuit ou si c'étaient des humains bien obligeants qui leur avaient construit ce repaire idéal. Elle allait devoir vérifier ce détail.

– Tenez, disait Daphné un peu timidement, j'ai un poème, là, pour vous. Vous pourriez raconter que c'est vous qui l'avez écrit. Ça prouverait que vous ressemblez aux autres filles.

Rashel prit le papier et lut :

Chaleur de la glace, apaisante fraîcheur du feu,
À minuit, la lumière nous montre le chemin.
Sa flamme dansante se fait bûcher funéraire,
Quand l'obscurité devient plus attrayante que le jour.

Elle observa Daphné du coin de l'œil.

– Tu as écrit ça avant de connaître le Night World ?

– C'était le genre de chose qui plaisait à Quinn. Il disait toujours qu'il n'était que silence et obscurité, et des trucs comme ça.

Si seulement elle l'avait eu sous la main, dans cette pièce, elle lui aurait directement enfoncé un pieu dans le cœur ! Ces gamines se laissaient irrésistiblement attirer par lui et il profitait de leur naïveté. Il ne jouait même pas les innocents, allant jusqu'à les pousser à aimer leur propre destruction. En leur faisant croire que l'idée venait d'elles.

– Pour vos habits, continuait Daphné, ma copine Marnie est à peu près de la même taille que vous, et elle m'a prêté ce truc. Essayez-le, on va voir si ça vous va.

Quelques minutes plus tard, Rashel se regardait dans la glace, l'air sceptique.

Elle portait une combinaison de velours noir, moulante comme une seconde peau, décolletée en V profond devant, et dont les manches s'achevaient en pointes médiévales sur le dos des mains. Daphné y avait ajouté un collier de chien en cuir noir des plus suggestifs.

– Je ne sais pas...

– Vous êtes renversante, très top model. Marchez un peu... faites demi-tour... ouais, c'est ça ! Maintenant, on va vous vernir les ongles en noir, ajouter un peu de maquillage, et...

Elle s'avança en fronçant les sourcils.

– Qu'est-ce qu'il y a ?

– Cette façon que vous avez d'avancer... vous faites un peu comme... eux, en fait, comme les vampires. Comme si vous suiviez quelqu'un en douce, sans faire de bruit. Ils sauront tout de suite que vous êtes une chasseuse.

Bien vu, songea Rashel. Mais que faire pour y remédier ?

– Je sais ! s'exclama soudain Daphné. Vous allez porter des talons.

– Oh non ! Sûrement pas. Jamais !

– Ce serait pourtant parfait. Ça vous empêcherait de marcher normalement.

– Non, parce que ça m'empêcherait aussi de courir.

– Mais vous n'en aurez pas besoin. Vous parlerez, vous danserez, c'est tout.

Plus Daphné la regardait, plus elle paraissait sceptique. Les mains sur les hanches, elle secoua la tête.

– Je ne sais pas, Rashel, il faudrait vraiment que quelqu'un vous accompagne, pour vous aider...

Elle s'interrompit, haussant les sourcils, regarda encore dans la glace, se détendit :

– C'est ça ! De toute façon, on n'a pas le choix.

Puis se retourna vers Rashel, en lançant d'un ton sans réplique :

– Il faut que je vienne avec vous.

– Quoi ?

– Vous ne pouvez pas y aller seule, et je vois personne d'autre qui saura mieux vous aider que moi. J'y vais. Comme ça, cette fois, on sera toutes les deux choisies.

Rashel se rassit sur le lit.

– Désolée, mais là, c'est toi qui délires. Tu es bien la dernière personne qu'ils iront choisir. Tu sais tout sur les vampires.

– Ouais, mais eux ne le savent pas. Aujourd'hui, au lycée, j'ai dit à tout le monde que je me rappelais rien du tout de ce qui m'était arrivé depuis dimanche. Il fallait bien que je raconte quelque chose. Alors, j'ai prétendu que je n'avais jamais retrouvé Quinn, que je ne savais pas ce qui s'était passé, mais que je m'étais réveillée en pleine nuit toute seule au milieu de cette rue, à Mission Hill.

Rashel doutait qu'un seul vampire gobe une histoire pareille. Et pourquoi pas, au fond ? Si Daphné avait échappé au contrôle mental alors qu'elle se trouvait dans la fourgonnette… si elle avait sauté dehors et s'était mise à courir, pour ne vraiment reprendre conscience qu'un peu plus tard… Oui. Ça pouvait marcher. Les vampires en concluraient que sa période de transe avait abouti à une sorte d'amnésie. Ça pouvait marcher…

– Mais c'est trop dangereux, conclut-elle. Même si tu m'accompagnais au club, je refuse que tu te laisses de nouveau choisir.

Les yeux bleus de Daphné brillaient d'énergie et ses joues rougissaient.

– Pourquoi ? Vous avez pourtant dit que je devais être résistante à leur truc de contrôle mental, non ? Ça veut dire que je remplirais parfaitement ce job. Je peux vous aider, j'en suis sûre.

Rashel ne savait que dire : comment risquer d'entraîner cette jolie blonde à devenir une esclave de vampires ? La laisser se vendre à ces monstres suceurs de sang ? Lui demander d'affronter un féroce serpent, tel que Quinn ?

– Je préfère encore travailler seule, assura-t-elle à voix haute.

Refusant de se laisser intimider, Daphné croisa les bras.

– Alors, il serait peut-être temps de changer. Écoutez, j'ai jamais rencontré personne comme vous, si indépendante, courageuse, si... extraordinaire. Pourtant, même vous, vous ne pourrez pas faire ça toute seule. Je sais que je ne suis pas une chasseuse de vampires, mais je voudrais qu'on soit amies. Ça vous ferait peut-être du bien de vous confier à une amie, pour une fois.

L'expression de son visage avait changé. Ce n'était plus une blonde évaporée qui regardait Rashel, mais une jeune femme solide et intelligente.

– Et puis, c'est moi qu'on a enlevée, ajouta-t-elle. Vous ne croyez pas que je pourrais leur rendre la monnaie de leur pièce ?

Pour un peu, Rashel aurait souri. Comment ne pas aimer cette fille ? Ni se sentir fière de ses compliments ? Cependant... Elle poussa un grand soupir :

– Et tu n'as pas peur ?

– Bien sûr que si ! Il faudrait être idiote pour ne pas avoir peur. Mais pas au point de ne pas me lancer.

Elle n'aurait pu donner de meilleure réponse. D'un coup d'œil circulaire, Rashel contempla encore une fois la pièce envahie par un joyeux désordre de dentelles et de photos.

– D'accord, laissa-t-elle alors tomber. Demain, c'est samedi. On partira le soir.

9

Depuis combien de temps ne se sentait-il plus humain ?

Tout avait pris fin le jour où lui-même ne l'avait plus été. Quoique, sur le moment... sa colère avait été telle contre Hunter Redfern...

Le réveil d'entre les morts était une expérience qu'on n'oubliait pas. Pour Quinn, cela s'était produit dans la chaumière des Redfern, sur une paillasse de toile, devant le feu.

En ouvrant les yeux, il avait commencé par voir trois jolies filles penchées sur lui. Garnet, avec ses cheveux lie-de-vin qui brillaient dans l'atmosphère rougeâtre, Lily, la brune aux yeux de topaze, et Dove, la douce aux cheveux châtains, à l'expression amoureuse et inquiète.

Ce fut là que Hunter lui apprit qu'il était mort depuis trois jours.

– J'ai dit à ton père que tu étais parti pour Plymouth ; ne va pas lui raconter autre chose. Et n'essaie pas encore de bouger, tu es trop faible. On va bientôt t'apporter à manger.

Il se tenait derrière ses filles, qu'il entourait de ses bras.

– Réjouis-toi. Tu es l'un d'entre nous, maintenant.

Mais tout ce que Quinn ressentait n'était qu'horreur et douleur. En portant les doigts sur ses dents, il trouva la source de cette douleur : ses canines étaient longues comme les crocs d'un chat sauvage, et lui donnaient des élancements au moindre contact.

Il était devenu un monstre, une créature impie qui avait besoin de sang pour survivre. Hunter Redfern lui avait raconté la vérité sur sa famille, avant de le transformer à son tour.

Fou de rage, Quinn lui avait sauté au cou en tentant de l'étrangler.

Puis Hunter s'était débarrassé de lui dans un éclat de rire. Après quoi, Quinn s'était retrouvé en train de courir à travers la forêt pour rejoindre la maison de son père, trébuchant à chaque pas, presque trop faible pour continuer.

Soudain, Dove était apparue près de lui, la petite Dove, pas plus haute qu'une fleur, l'avait arrêté, aidé, et imploré de revenir en arrière.

Cependant, Quinn ne songeait qu'à retrouver son père, le pasteur, qui saurait que faire.

Alors, Dove accepta de l'accompagner.

Par la suite, il ne cesserait de se reprocher cette initiative.

Ils atteignirent la maison familiale et, à ce moment-là, il n'avait peur que d'une chose, que son père ne croie pas à cette histoire de soif de sang et de mort. Cependant, il lui suffit de montrer ses dents à ce dernier pour le convaincre.

Le pasteur assura qu'il savait à quoi ressemblait un démon.

Et il connaissait son devoir. Comme pour tout puritain, celui-là consistait à chasser le péché où qu'il se trouve.

Là-dessus, il sortit un tison de la cheminée, un bon morceau de pin séché, puis attrapa Dove par les cheveux.

Ce fut à ce moment-là que les hurlements commencèrent, des hurlements que Quinn entendrait retentir à jamais. La jeune fille était trop douce pour bien se défendre, et lui trop faible pour la sauver.

Il essaya bien en se jetant sur elle pour la protéger du brandon ; il en gardait encore la cicatrice au côté. Mais le bois qui l'avait marqué perça le cœur de

Dove, et elle mourut en le regardant, alors que la lumière quittait peu à peu ses yeux bruns.

Après quoi, tout ne fut plus que confusion, son père le chassant en hurlant et en brandissant le tison ensanglanté arraché au corps de Dove. Tout s'acheva lorsque Hunter Redfern apparut sur le seuil en compagnie de Lily et Garnet. Ils ramenèrent Quinn et Dove chez eux, tandis que le pasteur appelait les voisins à l'aide pour aller brûler la chaumière des Redfern.

Ce fut en entendant Hunter le lui rapporter que Quinn coupa tout lien avec son ancien monde :

– Elle était trop douce pour vivre parmi les humains. Crois-tu que tu t'en sortiras mieux qu'elle ?

Alors Quinn, abasourdi, mourant de faim, trop épouvanté et horrifié pour pouvoir parler, prit la décision d'y parvenir. Les humains devenaient ses ennemis. Quoi qu'il fasse, ceux-là ne l'accepteraient jamais. Il était devenu un objet de haine… autant leur en donner pour leur argent.

– Tu vois bien que tu n'as plus de famille, dit Hunter d'un air songeur. À part les Redfern.

Depuis lors, Quinn ne s'était plus considéré que comme un vampire.

Il devait avouer que cette fille dans la cave l'avait troublé, cette fille dont il n'avait même pas vu le visage. Deux jours durant, après cette nuit-là, il n'avait songé qu'à la retrouver.

Ce qui s'était passé entre eux... il n'y comprenait toujours rien. S'il s'était agi d'une sorcière, il aurait pu croire qu'elle l'avait envoûté. Mais elle était humaine, et l'avait fait douter de tout ce qu'il pensait des humains.

Elle avait réveillé des sensations endormies en lui depuis que Dove était morte entre ses bras.

Pourtant, maintenant... maintenant il se disait qu'au fond, il valait mieux ne pas l'avoir retrouvée. Car cette fille n'était pas seulement humaine, c'était avant tout une chasseuse de vampires. Comme son père à lui. Son père qui, sans hésitation, avait enfoncé un pieu dans le cœur de Dove.

Comme chaque fois, Quinn avait l'impression de perdre la raison en se rappelant cette scène.

Dommage qu'il lui faille tuer la fille de la cave, la prochaine fois qu'il la verrait.

Mais il n'y pouvait rien. Les chasseurs de vampires constituaient la pire des engeances parmi ces humains stupides, le mal absolu. Rien n'existait que le Night World.

Et voilà une semaine que je n'ai plus mis les pieds au club, songea-t-il en éclatant d'un rire sonore. *Autant y aller ce soir.*

Comme si la fille pouvait le percevoir, il lui adressa même ce discours :

Tu vois ma belle, tout ceci fait partie de la grande danse de la vie et de la mort, la danse qui se danse en ce moment même à travers le monde, de la savane africaine aux neiges de l'Arctique, en passant par les buissons de Boston.

Tuer et manger. Chasser et mourir. Une araignée capture une mouche bleue ; un ours polaire attrape un phoque. Un coyote saute sur un lapin. Ainsi va le monde.

Les humains en faisaient partie, bien sûr, à cette différence près qu'ils laissaient les abattoirs exécuter le travail à leur place et recevaient leurs proies sous forme de biftecks.

Il existait un ordre immanent, et la danse tournait entre le chasseur et sa proie. Avec toutes ces gamines qui ne demandaient qu'à s'offrir à l'obscurité, il aurait été cruel de la part de Quinn de ne pas leur offrir ce qu'elles recherchaient.

Chacun ne faisait que jouer son rôle.

Quinn se dirigea vers le club, en riant si fort qu'il se fit presque peur à lui-même.

Le club ne se trouvait qu'à quelques rues de l'entrepôt, remarqua Rashel. Ce qui pouvait sembler logique. Tout, dans cette opération, était marqué au coin du bon sens et de l'efficacité ; elle y vit la main de Quinn.

Je me demande comment il se fait rémunérer la vente de ces filles. Elle avait entendu dire que Quinn aimait l'argent.

– N'oublie pas, une fois à l'intérieur, on ne se connaît plus, dit-elle à Daphné. C'est plus sûr, pour toi autant que pour moi. Ils pourraient se douter de quelque chose, s'ils s'apercevaient qu'après leur avoir échappé tu revenais avec une inconnue.

– Compris.

Daphné semblait aussi impatiente qu'impressionnée. Sous son manteau, elle portait un top noir moulant et une jupe courte qui dégageait presque complètement ses longues jambes aux scintillants bas noirs.

Quant à Rashel, elle avait caché dans la doublure de sa veste un couteau en bois de gaïac, comme son sabre, le bois le plus dur qui existât. Le fourreau contenait plusieurs compartiments secrets assez intéressants.

C'était un couteau de ninja, et Sensei, qui avait enseigné les arts martiaux à Rashel, n'aurait pas approuvé du tout. Pas plus qu'il n'aurait apprécié de la voir habillée en ninja. Sa propre famille comptait plusieurs samouraïs, et il lui avait appris à se battre avec honneur.

Cependant, Sensei ignorait alors tout des vampires… jusqu'à ce qu'il soit trop tard. Ils l'avaient surpris dans son sommeil, après avoir suivi Rashel qui rentrait d'une mission.

Parfois, l'honneur ne suffit pas, songeait-elle en se dirigeant vers le club à grand-peine, sur ses hauts talons. *Parfois, il faut savoir se battre comme des hyènes.*

L'entrée de la Crypte était une vieille porte verte à la lucarne sale. On avait l'impression d'entrer dans une ancienne fabrique. Une enseigne de bois annonçait : ENTRÉE STRICTEMENT RÉSERVÉE AU PERSONNEL.

Serrant les dents, Rashel frappa.

Aussitôt, elle se sentit épiée, évaluée, examinée sous toutes les coutures. Les mains dans les poches, elle ne bougeait pas et tâchait de prendre une allure à la Daphné.

Des lumières brillaient de l'autre côté de la vitre, violettes et bleues, parfois illuminées de rouge. Rashel sourit.

Finalement, la porte s'ouvrit.

– Bonsoir. Comment ça va ? demanda un garçon blond en lui tendant la main. Qui vous a parlé de nous ?

Il avait récité son boniment d'un ton morne, le corps de travers, comme avachi. Pourtant, il la fixait d'un regard intense et Rashel dut se faire violence pour ne pas prendre une attitude agressive.

C'était un vampire.

Aucun doute possible. Ces iris bleu argent appartenaient à un tueur.

Ivan le Terrible, je présume, songea-t-elle en lui offrant une paume aussi molle que possible. Elle lui sourit.

– J'ai une amie qui m'a dit que c'était super cool ici, lâcha-t-elle d'une voix traînante.

Elle avait beau imiter les intonations mélodieuses de Daphné, elle avait plutôt l'impression d'entendre le ronron satisfait d'un chat devant son dîner.

– Il fallait trop que je vienne, ajouta-t-elle, je voulais voir. En fait, j'aimerais bien vous connaître.

Tout sourire, elle se rapprocha de lui, prête à battre des cils. Ivan parut aussi séduit que perplexe :

– C'est qui, votre amie ?

– Marnie Emmons, répondit-elle sans se démonter.

Elle savait que celle-là ne serait pas là ce soir.

Hochant la tête, Ivan le Terrible lui fit signe d'entrer.

– Amusez-vous bien. Et on se verra peut-être plus tard...

– Oui, j'espère bien !

Elle venait de passer le premier obstacle. Car si Ivan ne l'avait pas trouvée à son goût, elle serait restée sur le trottoir devant une porte close. Et comme Daphné était déjà entrée, sa petite histoire avait dû être gobée. C'était toujours ça.

À l'intérieur, on se serait littéralement cru en enfer. Chez Hadès. Sur les sombres bords du monde souterrain. Les lumières évoquaient plutôt les feux de la géhenne tordant des ombres mauves. La musique étrange n'était que dissonances, comme jouée à l'envers.

En s'y enfonçant, Rashel capta des bribes de conversation :

– … ira faire les poubelles plus tard…

– … pas d'argent. Va falloir blouser quelqu'un…

– … dit à ma mère que j'étais à une répétition…

Belle brochette de baratineurs, songea-t-elle.

Ils avaient en commun leur jeunesse. Le plus âgé devait avoir tout juste dix-huit ans. Le plus jeune… Rashel aurait donné tout au plus douze ans à certaines filles. Sur le coup, elle eut envie de retourner sur ses pas pour enfoncer un pieu de bois à travers le corps d'Ivan.

Cela ne faisait qu'attiser le feu qui la rongeait, depuis qu'elle avait entendu parler de la Crypte. *Cette boîte n'est qu'un piège, un immense attrape-filles,* songea-t-elle en laissant tomber sa veste sur la pile entassée à même le sol.

Cependant, si elle voulait y mettre fin, elle devait garder son calme, s'en tenir à son plan. Debout devant une colonne de fer forgé, elle entreprit d'inspecter les lieux.

Ce fut là qu'au milieu d'un petit groupe auquel s'était jointe Daphné, elle aperçut Quinn.

Elle en éprouva un choc si bizarre qu'elle ne put détourner les yeux. Il riait et, harponnée par ce rire, elle en oublia un instant le sinistre éclairage de la salle pour se croire sous un arc-en-ciel. Elle s'aperçut alors qu'elle rougissait et que les battements de son cœur s'accéléraient.

Je le déteste. À cause de lui, elle se sentait partir à la dérive, désorientée, sans défense.

Elle comprenait pourquoi ces filles s'agglutinaient autour de lui, en ne rêvant que de se fondre dans son vide obscur, comme un troupeau de vierges sacrificielles qui se jetteraient dans un volcan. *Que faire d'autre avec un type pareil ?*

Le tuer. C'était décidément l'unique solution, vampire ou non. Car tout contact prolongé avec ce sourire ne finirait que par la détruire.

Elle cligna vivement des yeux en tâchant de se reprendre. *Bon, concentre-toi là-dessus.* Elle allait devoir le tuer, mais pas tout de suite ; il lui fallait d'abord être choisie.

D'une démarche prudente, elle se dirigea vers le petit groupe.

Il ne la vit pas tout de suite. Face à Daphné et à deux autres filles, il ne cessait de rire… en fait, il riait trop. Elle le trouvait fiévreux, presque déchaîné.

– … et j'en étais malade de pas t'avoir retrouvé, expliquait Daphné, je voyais pas ce qui se passait, parce que c'était trop craignos…

Rashel comprit qu'elle était en train de raconter son histoire et personne ne parut se poser de questions.

– On ne s'est pas déjà rencontrés ? lança une voix derrière elle.

Elle appartenait à une fille aux cheveux très noirs, à la peau très blanche, aux yeux de topaze ambrée… ou de faucon. Rashel se figea, les muscles tendus, s'efforçant de ne rien laisser paraître.

Un autre vampire.

Elle l'aurait juré. Cette peau de camélia, cette lumière dans le regard… ce devait être la fille vampire qui apportait sa nourriture à Daphné dans l'entrepôt.

– Non, c'est la première fois que je viens, assura-t-elle d'un ton dégagé. Je m'appelle Shelly.

C'était assez proche de son propre prénom pour qu'elle se retourne chaque fois qu'on l'appellerait.

– Moi, c'est Lily, dit froidement la fille sans cesser de la fixer.

Rashel faillit sauter au plafond.

C'est Lily Redfern, songea-t-elle en s'efforçant de conserver un sourire idiot. *J'en suis sûre. J'ai une Redfern là devant moi, une fille de Hunter Redfern !*

Sur le coup de l'émotion, elle se serait bien emparée de son couteau pour tuer quelqu'un d'aussi célèbre. Cela valait presque la peine de renoncer à l'enclave.

D'un autre côté, Hunter Redfern faisait plutôt partie des vampires modérés, en même temps très influents sur le Conseil du Night World. Il contribuait à freiner les ardeurs des plus violents. En le frappant à travers sa fille, elle ne ferait que le rendre fou de rage, et plus enclin à écouter ceux qui ne songeaient qu'à massacrer le maximum d'humains.

Et Rashel pourrait dire adieu à tout espoir d'infiltration au cœur du trafic d'esclaves, là où sévissaient les pires ordures.

Je déteste la politique. Ce qui ne l'empêcha pas de sourire de toutes ses dents à Lily avant de se lancer dans un babillage élaboré :

– C'est ma copine Marnie qui m'a parlé de cet endroit. Je suis trop contente d'être venue, parce que c'est encore mieux que ce que j'aurais cru. J'ai apporté ce poème, que j'ai écrit…

– C'est vrai ? Je meurs envie de ne pas l'entendre, maugréa Lily, l'air méprisant.

Elle semblait avoir déjà classé Rashel parmi les pires idiotes qui gravitaient autour de Quinn et s'éloigna sans un mot de plus.

Deux épreuves passées. Il en restait une.

– Elle est trop glaciale, quelquefois, observa une fille à côté de Rashel.

Une jolie brune aux lèvres proéminentes.

– Je m'appelle Juanita, ajouta-t-elle.

Apparemment, les admiratrices de Quinn semblaient l'avoir enfin remarquée. En même temps, elles paraissaient fascinées par la froide personnalité de Lily, son absence d'émotions, qu'elles considéraient comme une force.

C'est vrai que les sentiments peuvent faire souffrir. Je devrais la vénérer, moi aussi. Rashel commençait à se trouver un peu trop de points communs avec ces filles.

– Lily, la princesse de glace, murmura une autre. Elle n'a rien de terrestre, comme si elle venait d'une autre planète.

– Bien vu ! lança une voix, dans un éclat de rire un peu fou.

L'effet sur Rashel fut instantané. Elle se crispa, les paumes parcourues de fourmillements, la gorge serrée.

Épreuve numéro trois, se dit-elle en faisant appel à toute la volonté, tout le sens de la discipline appris dans les arts martiaux. *Ne perds pas le* zanshin. *Reste calme, froide et lance-toi. Tu vas y arriver.*

Elle se tourna pour affronter le regard de Quinn.

10

Ou plutôt pour faire mine de se concentrer sur son menton, car elle préférait ne pas trop s'y perdre pour le moment.

– Qui sait si elle ne vient pas d'une autre planète ? continuait Quinn. Elle n'est peut-être pas humaine. Et moi non plus, d'ailleurs.

C'est ça. Fiche-toi d'elles en leur disant la vérité, mine de rien.

D'ailleurs, il semblait plutôt se moquer qu'elles le prennent ou non au pied de la lettre.

– Elle vient peut-être d'un autre monde. Vous ne vous êtes jamais posé la question ?

Là, ce fut Rashel qui ne comprit pas. À croire qu'il voulait absolument se mettre en danger en leur parlant du Night World, secret qui, selon ses lois, pouvait valoir la mort à qui le révélait.

Là, tu dérapes vraiment. D'abord le trafic d'esclaves, maintenant ces indiscrétions. Je te croyais d'une discipline scrupuleuse.

– Il existe, expliquait-il au groupe, des dimensions plus obscures que tout ce que vous pouvez imaginer. Mais voilà, elles font partie du grand dessein de la vie, alors ça va.

Passant un bras sur l'épaule d'une fille, comme s'il l'invitait à contempler l'horizon, il ajouta :

– Savez-vous qu'il existe une sorte de guêpe qui pond ses œufs dans le corps de chenilles vivantes ? Un beau jour, les œufs éclosent, et toutes les petites guêpes la dévorent de l'intérieur. D'après vous, qui a inventé ça ?

Rashel se demandait si un vampire pouvait s'enivrer.

– C'est la plus horrible façon de mourir ! geignit Daphné de sa voix chantante. Se faire dévorer par les insectes, ou bien être brûlé...

– Tout dépend si on meurt vite ou non, rétorqua Quinn, songeur. Un lance-flammes vous ronge les nerfs en quelques secondes, tandis que si on vous grille à petit feu...

– J'ai écrit un poème sur le feu, intervint Rashel.

À son grand étonnement, elle était agacée que Quinn n'ait pas vraiment paru la remarquer ; à vrai dire, elle avait raison de s'en inquiéter, puisque son plan reposait non seulement sur le fait qu'il la remarque, mais aussi qu'il la choisisse.

Elle allait devoir attirer son attention.

– Tu l'as apporté ? demanda Daphné, pour lui venir en aide.

– Non, mais je peux vous réciter le début.

Et Rashel d'ânonner en regardant Quinn :

Chaleur de la glace, apaisante fraîcheur du feu,
À minuit la lumière nous montre le chemin.
Sa flamme dansante se fait bûcher funéraire
Quand l'obscurité devient plus attrayante que le jour.

Quinn cligna des paupières, sourit en observant la combinaison de velours noir de Rashel, en remontant vers son visage. Il regardait partout, à part ses yeux...

– C'est ça, conclut-il, tu tiens le bon bout. Et il y a toute l'obscurité que tu voudras par ici, pour tout le monde.

Rashel, qui s'inquiétait de ce qu'il ne risque de la percer à jour, s'il la regardait dans les yeux, en resta sans voix. En fait, Quinn semblait ne voir à peu près personne autour de lui.

– Il y a plein d'obscurité, dit-elle en se rapprochant audacieusement de lui.

D'un seul coup, elle avait perçu une sorte de faiblesse en lui, un défaut dans la cuirasse.

– Elle est partout. On ne peut pas y échapper. Alors, autant l'étreindre.

Elle se tenait maintenant devant lui, l'œil posé sur sa bouche.

– Tant qu'on la retient, elle ne peut vous faire grand mal.

– Exactement, rétorqua-t-il en montrant les dents.

Mais son sourire n'avait plus rien de frénétique. C'était une grimace. Il ne semblait plus joyeux du tout ; un court instant, il lui parut même fatigué, dégoûté. Et il semblait reculer devant elle.

– Je suis venue pour ça, insista-t-elle d'une voix sensuelle.

À vrai dire, elle s'effrayait un peu elle-même. Afin de mieux jouer sa comédie, elle faisait tout ce qui était en son pouvoir pour mieux le séduire... et c'était étonnamment facile, étonnamment agréable. Elle en avait des frissons dans tout le corps, comme si sa combinaison avait pris une décharge électrique.

– Je suis venue pour l'obscurité, reprit-elle doucement.

Soudain repris par sa fièvre, Quinn partit d'un grand éclat de rire.

– Et tu l'as trouvée, commenta-t-il.

Il tendit la main pour lui caresser la joue.

Ne le laisse pas te toucher !

Cette pensée la traversa en un éclair ; sans trop savoir pourquoi, elle était certaine que s'il la touchait, tout s'achèverait là. C'était ce genre de contact qui avait déjà failli lui griller les circuits du cerveau.

D'un mouvement souple, elle lui échappa en souriant, l'air provocateur, le cœur au bord de l'explosion.

– Il y a trop de gens ici, lâcha-t-elle d'une voix cassée.

– Hein ? Oh oui ! Si on s'organisait une petite rencontre plus intime ? Je pourrais te prendre ici demain soir. Disons à dix-neuf heures sur le parking.

Gagné !

– Mais Quinn... intervint Daphné la mine contrariée. Tu m'as déjà donné rendez-vous demain !

Elle semblait au bord des larmes.

Il lui jeta un coup d'œil et, pour une fois, Rashel déchiffra sans peine son expression. Il se disait que cette idiote n'avait que ce qu'elle méritait.

– Vous n'avez qu'à venir toutes les deux, rétorqua-t-il sans se démonter. Plus on est de fous, plus on rit.

Là-dessus, il s'éloigna en riant de plus belle.

Rashel le suivit des yeux, résistant à l'impulsion de secouer la tête. Elle avait réussi, passé la dernière épreuve, et se voyait brillamment choisie. Alors, pourquoi son cœur battait-il encore ?

Elle jeta un coup d'œil latéral vers Daphné.

– Bon, je ne sais pas pour vous autres, mais moi, j'ai eu ma dose pour la soirée.

Là-dessus, elle alla chercher sa veste, suivie des regards jaloux des autres filles.

Ce fut là qu'elle eut droit à une autre expérience des plus vivifiantes. Toujours de travers, Ivan tenta de l'arrêter à la porte.

– Hé, Shelly ! Je croyais qu'on devait faire mieux connaissance.

Comme elle n'avait plus besoin de lui, elle prit un air innocent en lui marchant sur le pied avec ses talons aiguilles.

– Je préférerais encore avoir rendez-vous avec un cafard, lâcha-t-elle de sa voix la plus douce.

Dans la voiture, elle attendit une vingtaine de minutes que Daphné la rejoigne.

– Désolée, mais je voulais que personne ne se doute qu'on repartait ensemble.

– Tu as été géniale ! assura Rashel en démarrant. Tu as même réussi à nous faire revenir ensemble demain. C'était dangereux, mais ça a fonctionné. La seule chose qui m'ait étonnée, finalement, c'est qu'il nous ait invitées devant tout le monde. Il fait toujours comme ça ?

– Non, pas du tout. La dernière fois, il me l'a chuchoté à l'oreille, alors qu'il n'y avait personne dans les parages. Cela dit, rien ne s'est passé normalement, ce soir. En général, il pose beaucoup de questions aux nouvelles... il doit chercher à savoir si elles n'ont pas de la famille qui va vouloir les récupérer. En plus, je l'ai trouvé étonnamment...

– Hystérique ?

– Ouais. Qu'est-ce qui a bien pu lui prendre ?

Serrant les dents, Rashel regardait la route devant elle.

– Tu es sûre de t'en sortir ?

Le lendemain soir, elles arrivaient en vue du parking de la Crypte.

– Promis juré, assura Daphné. Je suis prête. J'y arriverai.

– Bon, mais au premier accroc, tu pars en courant. J'y tiens. Fiche le camp du club sans chercher à m'attendre. D'accord ?

Daphné hocha la tête. Suivant le conseil de Rashel, elle portait une tenue plus pratique, ce soir : un pantalon noir, assez épais pour lui tenir chaud, un pull sombre et des baskets avec lesquelles elle puisse courir. Rashel avait adopté le même genre de tenue, mais chaussé des bottes, dans l'une desquelles elle avait glissé son couteau.

– Vas-y la première, dit-elle en se garant dans une rue latérale. J'arrive dans une minute.

Elle regarda Daphné s'éloigner, en espérant ne pas envoyer à la mort cette jolie blonde.

Elle-même était en danger. Quinn allait utiliser le contrôle mental pour les conduire tranquillement à l'entrepôt. Et Rashel ne savait trop comment elle réagirait alors.

Ne le laisse pas te toucher. Tu tiendras le coup tant qu'il ne te touchera pas.

Cinq minutes plus tard, elle prit la direction de la Crypte.

Quinn attendait au milieu du parking obscur, devant une Lexus gris métallisé. Arrivée à hauteur de la voiture, Rashel aperçut la tache blanche du visage de Daphné à l'intérieur.

– Je commençais à croire que tu ne viendrais pas, observa-t-il avec une joie sauvage.

Comme s'il lui en voulait de ne pas être assez futée pour se sauver elle-même.

– Oh ! répliqua-t-elle, je ne manquerais ça pour rien au monde. Où va-t-on ?

Comme chaque fois qu'elle lui posait une question, elle voyait s'écouler un court laps de temps avant d'entendre la réponse, à croire qu'il avait du mal à se concentrer, qu'il cherchait ses mots.

– C'est bon, entre, finit-il par dire d'un ton doucereux.

Elle entra, jeta un coup d'œil à Daphné sur le siège arrière.

– Ça va ? demanda celle-ci d'un ton enjoué, mêlé d'un rien de jalousie féminine.

Bravo, ma belle !

Quinn s'installa au volant, et dès que la portière fut fermée, il mit le chauffage en route. Les vitres s'embrumèrent aussitôt.

L'esprit en alerte, Rashel s'attendait au pire.

Sauf que le pire ne vint pas. En fait, il ne se passa rien du tout. Quinn restait à sa place sans bouger.

À la regarder.

Un éclair dans l'estomac menaçant son *zanshin,* Rashel prit conscience qu'il faisait trop sombre. Que ça devenait trop intime. Ils restaient assis là, dans un silence profond, si proches et ne voyant pourtant que la silhouette l'un de l'autre... comme dans cette cave... Elle ressentait presque le désarroi de Quinn, alors qu'il cherchait ce qui le gênait.

Craignant de prendre la parole, de peur que sa voix ne la trahisse, Rashel avait la désagréable impression que le lien se nouait de plus en plus, telle une vague géante. Bientôt, il allait comprendre et dire : « Je te reconnais », allumer le plafonnier pour contempler son visage sans le foulard.

Elle avait fermé les doigts sur son couteau.

Pourtant, à travers le murmure quasi électrique qui lui bourdonnait dans les oreilles, elle entendit la voix de Daphné :

– J'adore cette voiture ! Ça doit rouler super vite. C'est trop bien ! Je suis super contente d'être arrivée à temps, cette fois. Pas comme la semaine dernière.

Elle continua de débiter ainsi des niaiseries, laissant à Rashel le temps de se détendre. Le lien était rompu : Quinn regardait maintenant son tableau de bord, comme s'il tentait d'échapper à ce bavardage, tandis que Daphné racontait combien elle était ravie de faire un tour dans la nuit.

Bien joué, ma belle !

Quinn dut l'interrompre :

– Ainsi, vous voulez toutes les deux vous noyer dans l'obscurité ?

Comme s'il leur proposait de commander une pizza.

– Oui, dit Rashel.

– Oh oui ! s'écria Daphné. C'est ce qu'on s'est tous promis. Ce serait vraiment hypercool…

D'un signe de la main, il la pria de la boucler. Non pas grossièrement, mais plutôt comme un chef de chœur exaspéré s'efforçant de faire taire une soprano qui n'arrivait pas à s'arrêter à la fin d'une mesure. *Arrête-toi là !*

Et Daphné de s'arrêter.

Sur-le-champ.

Comme s'il avait fermé un robinet. Rashel se retourna pour constater que son amie s'était avachie sur le côté, comme endormie, respirant paisiblement.

Mon Dieu ! Elle avait beau connaître le contrôle mental de certains vampires, ce murmure qui s'introduisait irrésistiblement dans votre tête... Comme Quinn n'y avait pas fait appel dans la cave, elle avait cru que ce n'était pas un télépathe hors du commun.

Maintenant, elle savait la vérité. Il pouvait balancer des coups de poing télépathiques propres à sonner n'importe qui. Genre coups de karaté, vifs, précis, mortels.

Il se retourna pour lui jeter un regard acéré. Rashel se tapit sur elle-même.

– Le reste n'est que silence, conclut-il avec un geste dans sa direction.

Rashel sombra dans le vide.

Elle s'éveilla alors qu'on la transportait dans l'entrepôt et eut la présence d'esprit de ne pas ouvrir les yeux ni de laisser paraître qu'elle était consciente. C'était Quinn qui la tenait dans ses bras, inutile de soulever les paupières pour le deviner.

Quand il la laissa tomber sur un matelas, elle parvint à détourner la tête assez violemment pour que ses cheveux recouvrent sa face.

Elle eut presque peur qu'il ne découvre le couteau dans sa botte quand il lui entrava les chevilles, mais il ne prit même pas la peine de remonter le bas de son pantalon, comme s'il tâchait de gagner le plus de temps possible, sans y prendre vraiment garde.

Elle entendit le fer claquer, mais demeura parfaitement immobile.

Après quoi, il amena Daphné, qu'il enchaîna à son tour. Puis elle distingua d'autres pas, et des voix.

– Pose celle-là ici… où est son sac ?

C'était Lily.

– Il est resté dans la voiture.

Ivan.

– Bon, apporte-le avec l'autre. Je m'occupe de ses pieds.

Choc d'un corps heurtant un matelas. Pas qui s'éloignaient. Claquement métallique des chaînes. Et puis soupir de Lily. Rashel l'imaginait en train de se redresser et de regarder autour d'elle, satisfaite.

– Parfait. Ivan nous amène le numéro vingt-quatre. On va avoir un client content.

– Plutôt, répondit Quinn, impassible.

Vingt-quatre ? Un client ?

– Je vais envoyer un message disant que tout sera prêt pour le grand jour.

– C'est ça.

– Toi, tu m'as l'air de mauvais poil, et je ne suis pas la seule à le dire.

Dans le silence qui s'ensuivit, Rashel imagina Quinn en train de balancer un regard mauvais à Lily.

– Je trouvais la situation plutôt bizarre. Moi qui ai déjà refusé de faire du trafic d'esclaves, tu te rappelles ? Quand on vivait à Charlestown et que ta sœur Dove était encore vivante. Un capitaine de Marblehead m'avait proposé de m'emmener en Guinée pour y chercher un chargement humain. De l'or noir, comme il disait. Je lui ai balancé mon poing dans le nez. Et c'est Johnson-la-Bonne-Conscience qui m'a dénoncé pour avoir déclenché une bagarre.

– Quinn, qu'est-ce qui t'arrive ?

– Je me rappelle juste le bon vieux temps à la lumière du jour. Ce qui ne doit évidemment pas t'évoquer grand-chose. Tu es une lamie. On peut dire, dans un sens, que tu es née morte.

– Et on peut dire dans l'autre sens que tu dérailles. Mon père a toujours dit que ça finirait par t'arriver.

– Tiens, justement, je me demande ce que ton père penserait de tout ça. Sa fille qui vend des humains pour de l'argent. Surtout à un tel client, et pour de telles raisons...

À cet instant, alors que Rashel tendait désespérément l'oreille, des pas lourds interrompirent la conversation. Ivan était de retour. Quinn se tut alors qu'un autre corps tombait sur un matelas.

Rashel jura intérieurement. *Quel client ? Pour quelles raisons ?* Elle avait cru que ces filles étaient vendues comme esclaves ou pour servir de nourriture. Mais ce n'était visiblement pas le cas.

Ce fut alors que se produisit un événement qui chassa de son esprit toute perspective d'avenir. Des pas se rapprochaient de son lit et elle sentit qu'on se penchait sur elle. Pas Quinn. Ce n'était pas son odeur.

Ivan.

Une main brutale la saisit par les cheveux, lui tira la tête en arrière. Un autre bras se glissa autour de sa taille pour la soulever.

Malgré son effroi, elle parvint à rester inerte, les yeux clos, les bras ballants.

J'aurais dû m'y attendre.

Elle s'était rendu compte depuis le début qu'à vouloir jouer ce rôle, elle risquait d'être mordue, de sentir une dent de vampire sur sa gorge, de devoir le laisser aspirer son sang.

Néanmoins, cela ne lui était jamais arrivé, et il lui fallut faire appel à toute sa volonté pour ne pas se débattre. Elle mourait de peur et sentait son pouls faire palpiter les veines de sa gorge offerte.

– Qu'est-ce que tu fiches ? lança la voix glaciale de Quinn.

Rashel sentit Ivan s'immobiliser.

– J'ai un compte à régler avec cette fille.

– Bas les pattes, ou je te cogne contre le mur.

– Quinn… intervint Lily.

– Lâche-la tout de suite, gronda celui-ci.

Ivan lâcha Rashel.

– Il a raison, commenta Lily. Ces filles ne sont pas pour toi, Ivan. Elles doivent se trouver dans une forme parfaite.

Ivan marmonna un commentaire maussade en s'éloignant. Rashel ne bougeait pas, tandis que son cœur s'apaisait.

– Je vais dormir un peu, annonça Quinn d'un ton morne.

– À mardi, répondit Lily.

Mardi, songea Rashel. *Génial. Deux longues journées en perspective.*

*

*   *

Ce furent les journées les plus monotones de sa vie. À la fin, elle crut connaître par cœur le petit bureau vitré. Ces fenêtres l'ennuyaient, car elle ne savait jamais vraiment si Ivan ou Lily ne se trouvaient pas derrière à les épier. Elle écoutait les grincements de portes, s'immobilisait à chaque bruit suspect en comptant sur un minimum de chance.

Daphné se réveilla le lundi matin. Rashel avait alors la tête tournée sur le côté, occupée à surveiller la lucarne donnant sur l'extérieur, qui prenait les teintes grises de l'aube. Daphné s'assit en criant.

– Chut ! Tout va bien ! Tu es dans l'entrepôt avec moi.

– Rashel ?

– Oui. On a réussi. Je suis contente que tu sois réveillée.

– On est seules ?

– Plus ou moins. Il y a deux autres filles, mais toutes les deux hypnotisées. Tu les verras dès qu'il fera jour.

Daphné laissa échapper un soupir.

– Ouais... on a réussi. Super ! Mais alors, pourquoi j'ai si effroyablement peur ?

– Parce que tu es intelligente. On attend mardi, là, ils vont nous emmener.

– Où ça ?

– On se le demande.

11

La fourgonnette roulait tant bien que mal sur une route aux pavés réguliers, et Rashel s'efforçait de deviner où ils étaient. Elle avait tracé une carte dans son esprit, essayant de situer chacun de leurs virages, chaque changement de direction.

Ivan restait avachi contre les portières arrière du véhicule, ses petits yeux sans cesse rivés sur les filles ; dans la main droite, il tenait un Taser, un pistolet paralysant, et semblait mourir d'envie de s'en servir.

Mais sa cargaison se montrait fort docile. Daphné, assise à côté de Rashel, légèrement appuyée sur elle comme pour se rassurer, son regard bleu sombre flottant d'un air absent sur la paroi du fond. Elles étaient enchaînées les unes aux autres : bien que Lily et Ivan n'aient cessé de guetter des signes d'éveil chez Daphné, ils préféraient ne pas prendre de risques.

En face d'elles se trouvaient les deux autres filles, Juanita, dont les épais cheveux de bronze restaient emmêlés depuis deux jours qu'elle dormait dessus, les lèvres entrouvertes, la physionomie éteinte. L'autre était une blonde à la tignasse rebelle, aux yeux de Bambi inexpressifs, qu'Ivan appelait Missy.

Elle devait avoir douze ans.

Rashel se laissa aller à rêver de ce qu'elle aimerait faire à Ivan.

Soudain, elle revint à la réalité. La fourgonnette s'arrêtait. Ivan sursauta avant d'ouvrir en grand les portières ; aidé de Lily, il libéra les filles, tout en aboyant des ordres afin de les faire avancer.

Rashel inspira longuement une goulée d'air. L'atmosphère était salée. Tout en s'efforçant de garder l'air absent, elle observait les alentours. Le crépuscule tombait et ils se trouvaient sur un quai de Charlestown.

– On avance ! cria Ivan en lui plaquant une main sur l'épaule.

Rashel aperçut devant elle un élégant yacht de dix mètres, balancé par la houle. Une silhouette aux cheveux noirs se détachait sur le pont, occupée à manier des cordes. Quinn.

Ce fut à peine s'il leva la tête au passage des filles houspillées par Ivan et Lily. Il n'intervint pas lorsque Missy faillit trébucher sur la passerelle. Il avait encore changé d'humeur, nota Rashel. Il paraissait renfermé, replié sur lui-même, de mauvais poil.

– Avance ! cria Ivan en la bousculant.

Un court instant, l'attention de Quinn se focalisa sur lui. Il lui jeta un regard noir, mortel, insondable. Il ne dit pas un mot. La main d'Ivan s'éloigna de Rashel.

Lily les fit descendre un petit escalier, vers une cabine exiguë mais plutôt propre, et leur désigna la couchette en L derrière une tablette.

– Là, asseyez-vous. Vous deux ici. Vous deux, là.

Rashel se glissa à la place désignée, et jeta un coup d'œil vers l'évier de la minuscule cuisine.

– Vous restez toutes ici, leur enjoignit Lily. On ne bouge pas.

Elle aurait fait une super gardienne d'esclaves. Ou une bonne dresseuse de chiens.

Une fois qu'elle eut disparu en haut des marches, laissant claquer la porte derrière elle, Daphné et Rashel poussèrent ensemble un soupir.

– Ça va ? murmura cette dernière.

– Ouais. Un peu secouée. On va où, d'après toi ?

Rashel eut une moue d'ignorance. Personne ne savait où se trouvaient les enclaves des vampires. Cependant, elle commençait à s'en faire une idée. D'abord, ils voyageaient par bateau, ce n'était pas pour rien.

Une île. Et si certaines de ces enclaves se trouvaient sur des îles ? Sur une de ces centaines d'îles au large de la côte Est ?

Pensée des plus dérangeantes.

Dans ce cas, leurs victimes se retrouvaient complètement isolées, sans la moindre chance d'évasion, sans le moindre espoir d'une intervention extérieure.

Rashel commençait à regretter d'avoir entraîné Daphné dans cette aventure. Et elle avait la désagréable impression qu'une fois arrivées à destination, elle allait le regretter encore davantage.

Le bateau glissait sur les eaux obscures. Derrière Quinn brillaient les lumières de Boston, mais devant lui, rien ne distinguait le ciel de la terre à l'horizon noir et vide.

Seules scintillaient de temps à autre les lueurs clignotantes d'embarcations solitaires, qui ne faisaient que souligner l'immensité oppressante de l'océan sans fin.

Quinn ne s'occupait pas d'Ivan ni de Lily. Il était de mauvaise humeur.

Il laissait l'air glacial l'envahir, imprégner son corps, renforcer le froid qu'il sentait à l'intérieur. Il s'imaginait en train de geler sur place… pas désagréable.

Bientôt l'enclave, songea-t-il machinalement. *Qu'on en finisse !*

Ce dernier convoi de filles l'avait mis hors de lui, sans qu'il sache trop expliquer pourquoi, d'ailleurs. Ce n'étaient que des vermines, même cette brune, si jolie que c'en était presque dommage de la ranger parmi ces fous à lier. La petite blonde était tout aussi démente, qui avait eu la chance d'échapper une fois à la casserole, pour venir s'y jeter de nouveau à pieds joints !

Après tout, elle n'avait que ce qu'elle méritait...

Quoique si elles avaient eu le choix, aucune de ces évaporées n'aurait jamais opté pour le sort qui les attendait.

Arrête les violons. Livre-les à l'enclave, et basta !

L'enclave... C'était Hunter Redfern qui, le premier, avait songé à installer des enclaves sur les îles. À cause de Dove, avait-il expliqué.

– Il nous faut un endroit où les Redfern puissent vivre en toute sécurité, sans avoir à surveiller constamment leurs arrières. L'idéal serait une île.

Quinn s'était laissé ranger parmi les Redfern, bien qu'il n'ait aucune intention d'épouser Garnet ni Lily. Il s'était même donné la peine d'indiquer :

– Les pêcheurs viennent sans cesse prospecter ces îles. Ils veulent les coloniser. Nous risquons d'avoir bientôt de la visite.

– Il existe des sorts destinés à empêcher les humains de pénétrer dans certains endroits. Je connais une sorcière qui s'en chargera, pour protéger Lily et Garnet.

– Et pourquoi ferait-elle ça ?

Hunter avait souri :

– Parce que c'est leur mère.

À quoi Quinn n'avait rien répondu. Par la suite, il avait rencontré Maeve Harman, la sorcière qui avait mêlé son sang à celui des lamies. Elle ne paraissait pas beaucoup aimer Hunter, et avait gardé leur plus jeune fille, Roseclar, pour l'élever comme une sorcière loin de lui. Cependant, elle accepta de jeter ce sort.

Ainsi purent-ils tous s'installer sur l'île, où Garnet finit par renoncer à Quinn pour épouser un fils de bonne famille lamie. Ses enfants furent autorisés à porter le nom de Redfern. Par la suite, de nouvelles enclaves furent établies...

Mais aucune du genre de celle vers laquelle se dirigeait Quinn.

De son poste de pilotage, il ne voyait que l'horizon, éclairé par une lune lumineuse, qui se levait sur les eaux calmes et brillait telle une lanterne enchantée, comme pour guider sa route.

Craaaac.

Rashel tressaillit lorsque le bateau arriva à quai. Le pilote n'avait pas fait assez attention. Néanmoins, ils étaient arrivés sur ce qui ne pouvait être qu'une île, car ils naviguaient plein est depuis plus de deux heures.

Daphné leva faiblement la tête.

– Ça m'est égal s'ils nous mangent toutes crues dès notre arrivée, pourvu qu'on revienne sur la terre ferme.

– On y est presque, souffla Rashel. Et puis la traversée a été plutôt calme.

– Dis-le à mon estomac, geignit Daphné.

Son amie lui tapota l'épaule pour l'avertir qu'elle entendait quelqu'un descendre l'escalier.

C'était Lily. Ivan l'attendait en haut, toujours armé de son Taser, et tous deux firent remonter les filles pour les débarquer sur un petit appontement.

S'efforçant de garder l'air absent, Rashel regardait autour d'elle en bénissant le clair de lune qui lui permettait de découvrir les alentours.

En fait de port, c'était plutôt un vieux quai équipé d'une pompe et d'une maisonnette, où étaient déjà amarrés trois bateaux.

Ni plus ni moins. Rashel ne distinguait aucun signe de vie et le silence régnait, mis à part le clapotis des vagues.

Une île privée.

Fantomatique. À vous glacer le sang.

Précédé de Lily, le groupe fut emmené par un sentier qui escaladait une colline. Ivan fermait la marche.

Une île, se disait Rashel. *Tu devrais danser de joie. Te voici dans l'une de ces enclaves que tu rêvais tellement de découvrir. Il n'y a rien de… mystérieux… par ici.*

Cependant, lorsqu'ils atteignirent le sommet de la colline, elle aperçut les rochers, de monstrueux monolithes qui rappelaient un peu Stonehenge et semblaient projetés là par des géants furieux.

Parmi eux, perchées sur la falaise, étaient construites des maisons orientées vers l'océan, telles des gargouilles dans l'expectative.

Lily se dirigeait vers la plus proche, dressée au bord du chemin de terre.

C'était un de ces grands « pavillons d'été », en fait un manoir de deux étages, massif et blanc, à la charpente de bois.

Rashel sursauta.

Une maison à ossature de bois. Du bois…

Ainsi, ce n'étaient pas des vampires qui l'avaient construite.

Les lamies se servaient exclusivement de briques ou de grès, certainement pas de bois, mortel pour eux. Ils devaient donc avoir racheté cette île aux humains.

Frissonnant des pieds à la tête, elle en conclut que cette enclave n'avait décidément rien de normal. *Où sont ses habitants ? Où est la ville ? Qu'est-ce qu'on va faire là ?*

– Avancez ! lança Lily en les poussant à l'intérieur.

Alors, seulement, Rashel perçut des bruits de vie, des voix provenant des étages.

Elle ne put cependant voir à qui elles appartenaient, car Lily les conduisait déjà dans une grande cuisine à l'ancienne, à travers un office peuplé d'étagères vides.

Au fond apparut une énorme porte de bois, devant laquelle se tenait sur un tabouret un garçon d'à peu près l'âge de Rashel. Les cheveux bruns en bataille, il portait des bottes de cow-boy et lisait une bande dessinée.

– Hé, Rudi ! lança Lily d'un ton sec. Comment se tiennent nos invitées ?

– Sages comme des images, dit-il en se levant avec respect.

Ses yeux se posèrent sur les quatre filles.

Un loup-garou.

C'était ce que venait de crier l'instinct de Rashel. Déjà, son nom… ils s'appelaient souvent Lovell ou Felan, qui signifiaient « loup » dans leur langue maternelle.

Rudi, c'était « le célèbre loup » en hongrois.

Les meilleurs gardiens du monde. Ça va être difficile de lui fausser compagnie.

Il ouvrit la porte, et Lily poussa Rashel dans un étroit escalier très escarpé. En bas, il y avait une autre porte. Rudi l'ouvrit et passa devant.

Rashel pénétra dans la cave.

Jamais elle n'avait vu ce qu'elle aperçut alors dans cette grande salle basse de plafond, mal éclairée, meublée de deux rangées de lits de fer le long des murs.

Avec une fille dans chacun d'eux.

Des adolescentes. De tous âges, de toutes tailles, plus belles les uns que les autres.

On se serait cru dans un hôpital ou dans une prison. Rashel eut du mal à conserver un air indifférent devant les chaînes des malheureuses, toutes éveillées… l'air épouvanté.

Tant de paires d'yeux qui suivaient les nouvelles arrivantes, avant de se reposer sur le loup-garou. Rudi leur souriait, leur adressait des signes. Alors, elles se tassaient sur elles-mêmes.

Rares furent celles qui trouvèrent le courage de dire quelque chose.

– S'il vous plaît…

– Combien de temps on va rester là ?

– Je veux rentrer chez moi !

Les deux derniers lits de chaque rangée étaient vides. On mit Rashel dans l'un d'eux. Daphné paraissait à la fois malade et apeurée, lorsque les fers claquèrent sur ses chevilles ; cependant, elle parvint à garder les yeux dans le vague.

– Dormez bien, les filles ! conseilla Rudi. Demain, il va se passer des choses.

Là-dessus, il sortit, accompagné de Lily et d'Ivan. La lourde porte claqua derrière eux, et l'écho résonna à travers toute la cave.

Rashel se redressa brusquement.

Daphné tourna la tête :

– On peut parler, maintenant ?

– Je crois.

Certaines des filles les regardaient encore, certaines pleuraient, certaines avaient refermé les yeux.

Et Daphné d'exploser soudain :

– Mais qu'est-ce qu'ils vont nous faire ?

– Je ne sais pas.

Rashel avait répondu d'un ton calme et s'efforçait d'exécuter chacun de ses gestes avec calme et précision. Elle sortit le couteau de sa botte.

– Mais je vais bientôt le savoir.

– Tu crois que tu vas pouvoir scier tes chaînes ?

– Non.

D'une poche du fourreau, elle tira une mince barre métallique et sourit.

– Je vais crocheter la serrure.

– Ah, super ! Et après ? C'est quoi, cet endroit ? Je m'attendais plutôt à... je ne sais pas... une espèce de marché aux esclaves, avec des gens en toges romaines et des vampires qui lèveraient la main pour faire monter les enchères...

– C'est peut-être bien ce qui va finir par arriver. Je sais, c'est glauque, mais on n'est pas sur une enclave normale, ici. On se trouve peut-être sur une espèce d'entrepôt et ils vont nous emmener dans un autre endroit pour nous vendre...

– En fait, j'ai bien peur que non, lâcha une voix paisible à côté d'elle.

La voisine de Rashel se tenait assise, bien droite, une rousse au regard mélancolique et à l'allure gauche.

– Je m'appelle Fayth.

– Shelly, rétorqua Rashel brièvement.

Elle ne pouvait encore faire confiance à personne.

– Et voici Daphné, ajouta-t-elle. Qu'est-ce que tu veux dire, tu as peur que non... quoi ?

– Qu'ils ne nous emmènent pas ailleurs pour nous vendre, rétorqua Fayth l'air de s'excuser.

– Alors, j'aimerais bien savoir ce qu'ils comptent faire de nous ici.

Rashel avait fait sauter une première chaîne et attaquait déjà la suivante.

– Vingt-quatre filles sur une île dans une maison inhabitée ? ajouta-t-elle. C'est dingue !

– Une orgie sanglante.

Rashel se figea.

– Quoi ?

– Ils préparent un festin. Pour l'équinoxe de printemps, je crois. C'est-à-dire demain, à partir de minuit.

Daphné s'était fébrilement penchée vers elles :

– Quoi ? Qu'est-ce que c'est qu'une orgie sanglante ? Dis ?

– C'est… c'est un banquet destiné aux vampires. Une grande fête meurtrière. On y sert trois plats différents. Trois filles. Et comme nous sommes vingt-quatre…

– De quoi nourrir huit vampires, conclut Fayth.

– Tu veux dire qu'ils vont nous prendre un peu de sang à chacune ? souffla Daphné, anxieuse. C'est ça, non ? Non ? Une petite gorgée par-ci, une petite gorgée par-là…

Voyant les deux filles la contempler d'un air navré, elle finit par conclure :

– C'est pas vrai…

– Daphné, je suis désolée de t'avoir entraînée là-dedans.

Pour éviter son regard, Rashel fit mine de s'absorber dans son travail en achevant de dégager son autre cheville.

– Une orgie sanglante consiste à boire le sang de trois personnes en une journée. Tout leur sang. On les vide complètement.

Daphné ouvrit la bouche, la referma, finit par gémir :

– Et on n'explose pas, après ça ?

Rashel ne put réprimer un sourire.

– Il paraît que c'est la défonce suprême. On capte d'un seul coup toute leur force de vie.

Elle se tourna vers Fayth en ajoutant :

– Mais je croyais que c'était interdit depuis longtemps.

– Oui, et l'esclavage aussi. Pourtant, à ce qu'il semble, il y a des gens qui voudraient rétablir ces pratiques.

– Tu sais qui ?

– J'ai cru comprendre que quelqu'un de très riche avait invité sept des nouveaux vampires les plus puissants à ce banquet. On dirait qu'il veut leur offrir une fête inoubliable.

– Pour sceller une alliance.

– Sans doute.

– Les nouveaux vampires contre les lamies.

– C'est possible.

– Et à l'équinoxe du printemps… ils vont célébrer l'anniversaire du premier des transformés, le jour où Maya a mordu Thierry.

– C'est vrai.

– Attendez ! intervint Daphné. On fait une petite pause, là, d'accord ? Comment vous savez tous ces trucs ? Ces histoires de nouveaux vampires, celui-ci, celui-là, Maya… J'ai jamais entendu parler de ces gens-là, moi.

– Maya était la première lamie, expliqua vivement Rashel. C'est l'ancêtre de tous les vampires qui peuvent grandir et avoir des enfants… les vampires de bonne famille. Les nouveaux vampires, c'est autre chose. Il s'agit d'humains transformés en vampires à la suite d'une morsure. Ils ne vieillissent plus et ne peuvent pas se reproduire.

– Et Thierry a été le premier humain transformé en vampire, renchérit Fayth. Maya l'a mordu à l'équinoxe de printemps… il y a des milliers d'années.

– Alors maintenant, intervint Rashel, tu vas peut-être répondre à sa question : comment se fait-il que tu sois au courant de tout ça ? Aucun humain ne connaît l'histoire du Night World… à part les chasseurs de vampires et ces fichus membres du cercle de l'Aube.

Fayth tressaillit et Rashel comprit alors pourquoi elle avait cet air :

– Je fais partie de ce fichu cercle.

– Tu rigoles ?

Daphné lui secoua le bras :

– Quoi ? Qu'est-ce que c'est ?

– Le cercle de l'Aube est un groupe de sorcières qui voudraient amener les humains et les créatures de la nuit à... à je ne sais pas quoi... à danser en rondes et à boire du Coca ensemble.

Malgré sa fureur, Rashel ne comprenait plus rien : cette fille paraissait tellement normale, tellement raisonnable !

– À vivre en harmonie, expliqua Fayth. À cesser de se haïr et de se tuer les uns les autres.

Daphné plissa le nez.

– Tu es une sorcière ?

– Non, je suis humaine. Mais j'ai des amies sorcières, et d'autres vampires. Je connais des lamies et des humains qui s'entendent comme des âmes sœurs...

– C'est écœurant ! coupa Rashel.

Il lui fallut quelques instants pour se reprendre, pour respirer un bon coup.

– Maintenant, écoute-moi bien, fille de l'Aube. J'ai besoin de renseignements, alors je suis prête à travailler avec toi, temporairement. Mais fais attention à ton langage, ou je te laisse seule ici, en tête à tête avec huit vampires rien que pour toi ! Tu la verras, ton harmonie !

Malgré ses efforts pour se contrôler, elle avait la voix qui tremblait. Les paroles de Fayth avaient un retentissement aussi étrange qu'effrayant dans son esprit. À commencer par l'expression *âmes sœurs,* qui ricochait en elle.

D'ailleurs, Fayth réagissait bizarrement. Au lieu de s'emporter, elle se contenta de fixer Rashel d'un long regard tranquille, avant de conclure doucement :

– Je vois…

Ce qui ne plut pas du tout à cette dernière. Cependant, Daphné la pressait de questions :

– Parce que nous, on va s'en aller ? Comme si on s'évadait de prison ?

– Évidemment, et on a intérêt à se dépêcher !

Concentrée, Rashel réfléchissait maintenant à haute voix :

– Je croyais qu'on aurait davantage de temps… et puis, il y a l'obstacle du loup-garou. En plus, il ne faut pas oublier qu'on est sur une île. Ça complique les choses. On ne pourra pas se cacher longtemps dans la nature, d'abord il fait trop froid, ensuite les autres vont nous chercher. Pourtant, on va bien devoir trouver un moyen...

Elle jeta un coup d'œil à Fayth :

– Je suppose qu'aucun autre membre du cercle de l'Aube ne risque de venir nous aider ?

– Non, ils ne savent même pas que je suis ici. Nous avions entendu dire qu'il se passait des choses bizarres dans un club de Boston, que des filles allaient servir pour une orgie sanglante. J'y suis allée pour voir ce qui se passait... et je me suis fait choper avant d'avoir pu faire un seul rapport.

– Alors, on est seules. Très bien. Bon, pour commencer, on va vérifier ce que peuvent faire les autres filles... lesquelles peuvent nous aider...

Fayth et Daphné écoutaient attentivement, lorsque Rashel fut interrompue par un appel qu'elle ne se serait jamais attendue à percevoir dans ce genre d'endroit.

Quelqu'un qui l'interpellait par son nom :

– Rashel ! Rashel ! La chasseuse de vampires ! Rashel le Chat !

12

Des cris quasi hystériques.

Abasourdie d'entendre ainsi brailler son identité secrète, Rashel regarda autour d'elle avant de foncer à travers les lits des filles à la recherche de…

– Nyala !

– Je sais ce que tu fais ici ! proclama cette dernière en se redressant.

Elle avait exactement la même attitude que la dernière fois, le teint chocolat, un port de reine, le regard éperdu. Elle n'avait d'ailleurs pas changé de vêtements depuis qu'ils avaient attrapé Quinn ensemble.

– Tu continues ton cinéma, à jouer les chasseuses de vampires…

– La ferme !

N'importe qui pouvait les entendre à travers la porte. Rashel s'agenouilla devant son lit.

– Je ne joue pas la comédie, Nyala.

– D'après toi, comment ça se fait que tu sois libre alors qu'on est toutes enchaînées ? Tu travailles pour eux ! Tu te fais appeler le Chat...

Rashel lui plaqua une paume sur la bouche.

– Écoute-moi, une seconde !

Le cœur battant, elle vit que toutes les autres filles avaient la tête tournée dans leur direction et elle s'attendait à voir s'ouvrir la porte du fond.

– Nyala, écoute ! Je sais que tu ne m'aimes pas, que tu ne me fais pas confiance. Mais il faut arrêter de hurler. On n'a peut-être qu'une seule chance de sortir de là.

Haletante, la jeune fille fixait sur elle ses prunelles noires.

– Je chasse vraiment les vampires, je t'assure. J'ai commis une erreur en libérant celui qu'on avait pris, l'autre soir... je le reconnais. Mais, depuis, j'essaie de réparer. Je me suis fait capturer exprès pour voir ce qui se passait ici... et maintenant, je voudrais tenter de libérer toutes ces filles.

Elle parlait lentement, distinctement, en espérant bien se faire comprendre.

– Mais, si les créatures de la nuit découvrent que je suis une chasseuse de vampires, ou pire, le Chat, elles me tueront dans la minute qui suivra. Et là, je crois qu'aucune de vous n'aura une chance de s'en sortir.

Elle reprit sa respiration avant d'ajouter :

– Je sais que tu as du mal à me croire, mais essaie au moins, je t'en prie ! Tu ne crois pas que ça en vaut la peine ?

Long silence, au cours duquel Nyala ne cessa de la dévisager ; elle finit par acquiescer d'un hochement de tête ; alors, seulement, Rashel ôta la paume qu'elle avait gardée plaquée sur la bouche de la jeune fille.

– Merci. Je vais avoir besoin de ton aide. Mais d'abord, explique-moi : qu'est-ce que tu as fait pour atterrir ici ? Comment as-tu trouvé ce club ?

– Je n'ai rien trouvé du tout. Je suis retournée dès mercredi dans la rue des entrepôts. J'espérais que le vampire allait revenir. Et c'est là que... que quelqu'un m'a attrapée par-derrière.

– Oh, Nyala...

Mercredi soir... la nuit où Daphné avait vu Ivan apporter une autre fille qu'il avait jetée sur un lit de camp.

– Nyala ! Dire que j'ai failli déjà te sauver. J'étais là-bas le lendemain... quand Daphné est tombée de la fourgonnette. Tu te rappelles ? Si j'avais su...

Mais tout à son récit, Nyala ne l'écoutait pas.

– Il y a eu ce murmure dans mon esprit, continuait-elle. Qui me disait de dormir. Et je ne pouvais pas bouger, ni les bras ni les jambes. Pourtant, je ne dormais pas. Et là, il m'a emportée dans un entrepôt et il m'a mordue.

Elle racontait cela d'un ton détaché, presque enjoué. Pourtant, son regard glaça Rashel d'effroi.

– Il m'a mordue dans le cou, et j'ai su que j'allais mourir, comme ma sœur. Je sentais le sang quitter mon corps. J'avais envie de crier, mais je ne pouvais pas. Je ne pouvais rien faire.

Elle lui décocha un sourire étrange.

– Je vais te confier un secret : cette morsure, elle est toujours là. Tu ne verras rien, mais c'est là.

Elle tourna la tête, montrant un cou parfaitement sain.

– Oh, mon Dieu, Nyala !

Si Rashel avait eu du mal à essayer de réconforter Daphné, avec Nyala, elle n'eut pas besoin d'y réfléchir à deux fois pour la serrer dans ses bras :

– Écoute ! Je sais ce que tu ressens. Enfin… ça ne m'est pas arrivé, mais… Mais je suis désolée pour toi. Et je sais ce que tu as pu ressentir en perdant ta sœur.

D'un seul coup, elle se redressa, la tenant encore plus fort, comme si elle voulait la secouer :

– Mais il faut se battre ! C'est tout ce qui compte, maintenant. On ne peut quand même pas les laisser gagner.

– Non, souffla Nyala en paraissant se reprendre. Non, c'est vrai.

– Je cherche un plan pour nous sortir de là. Tu dois rester calme et m'aider.

– Oui.

Cette fois, Nyala semblait plus catégorique. Elle eut un sourire presque serein en murmurant :

– Et on tiendra notre vengeance.

– Oui, souffla Rashel en lui serrant la main. D'une façon ou d'une autre. Je te le promets.

Elle regagna son lit sous le regard des autres, mais aucune question ne s'éleva. Elle-même sentait les larmes lui monter aux yeux.

Elle se sentait responsable de ce qui était arrivé à Nyala, et maintenant...

Maintenant, Rashel s'inquiétait pour sa santé mentale et n'était pas certaine qu'elle s'en sortirait, même si les filles parvenaient à s'échapper.

Elle a raison au moins sur un point. La vengeance. C'est le seul moyen d'effacer ce qui leur a été fait.

De nouveau, elle sentait le feu lui brûler la gorge et la poitrine, son cœur s'embraser de fureur, au point d'en oublier toute pitié envers Quinn. Le plus étrange étant qu'elle songe encore à lui après s'être promis de le tuer.

– Elle va bien ? s'inquiéta Daphné. Je l'ai vue l'autre soir dans l'entrepôt, je me rappelle…

– Je sais, dit Rashel en s'asseyant pour la délivrer. J'ignore comment elle va. Les vampires n'ont pas fait régner l'harmonie autour d'elle.

Ce disant, elle jetait un coup d'œil vers Fayth, qui soutint son regard.

– Personne n'a jamais prétendu que toutes les créatures de la nuit étaient bonnes, rectifia celle-là. Pas plus que tous les humains. Nous n'approuvons pas la violence. Nous voulons qu'elle cesse partout.

– N'empêche que parfois, il faut répondre à la violence par la violence, rétorqua Rashel.

Fayth ne répondit pas.

– Mais pourquoi elle a dit que tu était un chat ? s'enquit Daphné.

– Le Chat. C'est le nom d'un chasseur de vampires, qui en a anéanti beaucoup.

Les iris bleu foncé de Daphné s'élargirent d'un coup.

– C'est toi ?

Rashel fit sauter une serrure. Au milieu de toutes ces filles attentives, elle ne se sentait plus aussi bravache qu'auparavant. Elle n'était pas si fière d'être le Chat.

– Oui, marmonna-t-elle en se penchant vers son autre cheville.

Fayth ne réagit pas.

– Il y aura encore des morts avant longtemps, ajouta Rashel. Et je ne vois personne qui le mérite plus que ces vampires qui nous ont enlevées et amenées ici. Alors, laisse-moi agir sans faire d'histoire, d'accord ?

Une fois délivrée, Daphné s'étira les jambes puis sauta au sol. Fayth se contenta de hocher la tête.

– Bon, alors écoutez-moi vous deux, reprit Rashel en la libérant à son tour. On va commencer par s'organiser avec toutes ces filles. Vous avez la parole facile, l'une et l'autre. Alors, vous allez leur parler à chacune en particulier. Je veux savoir lesquelles peuvent nous aider et lesquelles sont encore sous contrôle mental. Je veux savoir lesquelles risquent de nous poser un problème. Et avant tout, je veux savoir s'il y en a qui ont une expérience des bateaux.

– Des bateaux ? répéta Fayth.

– On ne peut pas rester sur cette île, ce serait trop risqué. Il y a quatre embarcations ancrées au port... si on trouvait quelqu'un pour les piloter, ou au moins deux personnes capables de ne pas couler un bateau à moteur ? D'accord ?

Daphné et Fayth se regardèrent, puis acquiescèrent.

– D'accord, patron, murmura Daphné.

Et elles se mirent au travail.

Quant à Rashel, elle réfléchissait tout en forçant une autre fermeture. Inutile de dire encore à Daphné qu'elle ne comptait pas embarquer avec elles.

*

* *

Une demi-heure plus tard, Daphné et Fayth revenaient tout sourire, du moins en ce qui concernait Daphné ; quant à Fayth, elle arborait cet air mi-grave mi-enjoué qui commençait à sérieusement agacer Rashel.

– Je te présente Anne-Lise, commença Daphné en l'entraînant vers un lit. Elle vient du Danemark, elle a participé à la course d'Antigua… je ne sais pas trop ce que ça veut dire, mais enfin, elle sait piloter un bateau.

C'était l'une des plus âgées, dix-huit ou dix-neuf ans, blonde aux longues jambes, bâtie comme une Walkyrie. Elle plut tout de suite à Rashel.

– Et voici Keiko, enchaîna Fayth. Elle est jeune, mais elle dit qu'elle a grandi parmi les bateaux.

Cette fois, Rashel montra moins d'enthousiasme devant cette fragile poupée aux longs cheveux de soie noire et à la bouche en cœur.

– Tu as quel âge ?

– Treize ans, répondit la petite voix de Keiko. Mais je suis née à Nantucket. Mes parents ont un Ciera Sunbridge. Je crois que je saurai faire ce que vous voulez... c'est juste la navigation qui m'inquiète un peu.

– C'est tout ce qu'on a trouvé, confia Daphné à l'oreille de Rashel. On n'a pas le choix.

– Il faut juste se diriger plein ouest, les rassura Rashel. De toute façon, on sera plus en sécurité au milieu de l'océan qu'ici.

Elle fit signe à Daphné et à Fayth de regagner leur place.

– Bien joué, leur souffla-t-elle. C'est toujours ça de trouvé ; il nous faudra bien deux bateaux pour toutes ces filles. Vous avez découvert autre chose ?

– Il en reste deux sous contrôle mental, celles qui sont arrivées avec nous, dit Daphné. Juanita et Missy. La seule qui pourrait causer des ennuis, c'est ta copine Nyala. Elle m'a pas l'air trop fiable.

– C'est vrai que le contrôle mental peut poser un problème. Combien de temps a-t-il fallu aux autres pour s'en libérer, Fayth ?

– À peu près une journée après leur arrivée, mais ce n'est pas l'unique problème. Anne-Lise et Keiko pensent pouvoir piloter ces bateaux, mais pas avant demain.

– On ne peut pas attendre, trancha Rashel. Ce serait trop juste.

– Je crois qu'on n'a pas le choix. Toutes ces filles ont été droguées.

– Mais comment… ?

Soudain, elle comprit et ferma les yeux.

– Ah oui…

– La nourriture, confirma Fayth. J'ai tout de suite compris qu'ils mettaient quelque chose dedans et… et ça vaut mieux, parce que si elles se rendaient compte de ce qui les attend…

Rashel se passa une main sur le front. Rien d'étonnant à ce qu'aucune fille ne lui ait posé de questions, ni à ce qu'aucune ne se soit mise à hurler tout ce qu'elle savait. Elles étaient complètement intoxiquées.

– Bon, il va falloir commencer par les empêcher de manger. On va donc attendre, mais ça va rendre l'opération encore plus dangereuse. Combien de repas sont servis par jour ?

– Deux. En fin de matinée et vers huit heures du soir. Et puis, ils nous conduisent aux toilettes deux par deux.

– Qui s'en charge ?

– Rudi. Parfois, il est accompagné d'un autre loup-garou.

Daphné se mordit les lèvres.

– On a des armes contre les loups-garous ?

Rashel sourit et sortit son couteau, ôta la pointe décorative du fourreau de bois, révélant une lame métallique qu'elle retourna et planta au bout du fourreau comme une baïonnette. Le fourreau était lui-même devenu un poignard.

– C'est une lame d'acier plaquée argent, indiqua-t-elle, satisfaite. On a des armes contre les loups-garous.

– Tu vois ? dit Daphné à Fayth. Elle a pensé à tout.

Rashel rangea son poignard.

– Très bien. On va parler à tout le monde, maintenant. Je voudrais leur expliquer ce qu'on va faire demain soir. On devra s'entraider et rester très précises.

Et compter sur la chance...

– À table !

Rudi se pavanait entre les deux rangées de lits, jetant çà et là des petits cartons qu'il sortait d'un grand sac de plastique, tel un entraîneur envoyant des harengs à ses dauphins.

Mais pas d'autre loup-garou derrière lui. *Bon,* songea Rashel.

La nuit avait été longue, la journée plus encore. Les filles étaient hébétées de faim, crispées, de plus en plus inquiètes à mesure que les heures passaient sans aucun tranquillisant. Plusieurs d'entre elles ne parvenaient pas à se défaire de leur impression sur Rashel, provoquée par les cris de Nyala.

– Mangez, les filles ! chantonnait Rudi. Prenez-moi des forces !

Un petit paquet tiède tomba sur les genoux de Rashel, un autre aboutit sur le matelas. Comme au déjeuner, des hot-dogs baignés de moutarde et de drogue. Les filles n'avaient avalé que du jus de pamplemousse.

Alors que Rudi allait jeter un repas à Juanita, Rashel se souleva légèrement sur son lit et, d'un mouvement souple, bondit sur sa cible.

– Pas un bruit ! souffla-t-elle à l'oreille du loup-garou. Pas un geste.

Elle lui avait bloqué un bras dans le dos et le menaçait de sa lame d'argent sur la gorge. Rudi ne parut pas saisir ce qui lui arrivait. Il y avait maintenant des hot-dogs répandus tout autour de lui.

– À présent, reprit Rashel, on va parler jiu-jitsu. Avec cette prise, tu résistes et tu risques la fracture, vu ?

Comme il faisait mine de se débattre, elle exerça une légère pression sur les jointures de ses doigts. Rudi poussa un couinement et se mit à sautiller sur place.

– Chut ! Dis-moi plutôt où est l'autre loup-garou.

– Il surveille le quai.

– Avec qui d'autre ?

– Je... personne.

– Il y a quelqu'un dans l'escalier ou à la cuisine ? Ne mens pas, Rudi, je vais m'énerver.

– Non, ils sont tous dans la salle de réunion.

Rashel adressa un signe de tête à Daphné, qui sauta de son lit.

– Allez, maintenant, tout le monde fait vite et en silence ! lança-t-elle d'un ton de cheftaine.

Elle perçut l'effroi de Rudi, découvrant les filles qui envoyaient promener leurs couvertures et se levaient en même temps.

– Qu'est-ce que... qu'est-ce que...

– Allez, Rudi !

Le tenant toujours serré, elle exerça une légère pression pour le faire avancer.

– Tu passes le premier. Tu vas nous ouvrir la porte d'en haut.

– Anne-Lise et Keiko devant, commanda Daphné. Missy, à côté de moi. On y va !

– Je ne peux pas faire ça ! gémit Rudi. Ils vont me tuer !

– Regarde ces jeunes femmes, gronda Rashel en le faisant pivoter en haut des marches.

Elles se tenaient toutes silencieuses, attentives, semblant respirer d'un même souffle.

– Rudi, si tu n'ouvres pas cette porte, je te ligote et je te livre à elles... avec ce poignard d'argent. Je te jure que quoi que puissent te faire les vampires, ça sera pire avec elles.

Il contemplait tous ces regards rivés sur lui avec la même ferveur.

– Je vais ouvrir.

– Bon.

Il actionna le verrou et ouvrit. Rashel passa la première et jeta un regard autour d'elle. S'il y avait des vampires dans les parages, elle allait devoir rapidement réviser sa tactique.

La cuisine était déserte et une musique résonnait dans les parages, ce qui arracha un sourire implacable à Rashel. Excellente diversion, qui pouvait tout simplement sauver la vie de ses protégées.

Écartant Rudi du chemin, elle leva le menton en direction de Daphné qui, à son tour, fit signe aux filles. Fayth arrivait la première, en compagnie d'Anne-Lise, la Walkyrie, la minuscule Keiko derrière elle. Les autres se précipitèrent à leur suite et Rashel les félicita mentalement pour leur calme.

– Toi, murmura-t-elle en repoussant Rudi vers l'escalier, une dernière question : qui donne ce festin ?

Il fit non de la tête.

– Qui t'a engagé ? Qui a acheté les esclaves ? Qui est le client, Rudi ?

– Je ne sais pas, je le jure ! Personne ne sait qui nous a embauchés. Tout s'est passé par téléphone.

Elle hésita. Elle avait bien d'autres questions à lui poser, mais pour le moment, l'important, c'était de faire quitter l'île à ces filles.

Daphné l'attendait encore dans la cuisine.

Rashel contemplait la tête ébouriffée du loup-garou. Elle devrait le tuer. C'était la seule chose à faire, c'était ce qu'elle avait prévu contre ce complice volontaire pour participer au meurtre de vingt-quatre jeunes filles.

Mais Daphné la voyait. Et Fayth ne manquerait pas de lui jeter un de ses regards noirs si elle apprenait ce qu'elle avait fait.

– Dors bien ! soupira-t-elle.

Et de le frapper du manche de son poignard.

Comme il s'effondrait au bord de l'escalier, elle referma la porte de la cave sur lui et se tourna vers Daphné :

– On y va !

Toutes deux sortirent par la cuisine et filèrent sur le sentier, Rashel bondissant à travers l'herbe écrasée pour rejoindre les filles.

– C'est ça, souffla-t-elle à Missy. Lentement, mais sûrement. Tu boites, Nyala, ta jambe te fait mal ? Un peu plus vite, tout le monde !

Elle rejoignit le premier rang :

– C'est bon, Anne-Lise et Keiko ! À l'arrivée, je me charge du garde. Vous deux, vous savez ce que vous avez à faire.

– Trouver les bateaux qu'on saura le mieux manœuvrer, dit Anne-Lise, détruire tout ce qu'on pourra sur ceux qui resteront et les envoyer à la dérive. Ensuite, on embarque chacune la moitié des filles et on file plein ouest.

– C'est ça. Et si vous ne pouvez atteindre la terre, faites de votre mieux, puis appelez les gardes-côtes.

– Mais pas tout de suite, intervint Keiko, parce qu'il y a beaucoup d'insulaires qui se servent d'une liaison radio au lieu d'un simple téléphone. Les vampires peuvent les surveiller.

Rashel se redressa :

– Bien vu ! Je savais que tu remplirais parfaitement ta mission. Et n'oubliez pas : si vous appelez à l'aide, ne mentionnez pas le vrai nom du bateau, ni celui de l'île.

Il était tout à fait possible que des créatures de la nuit se trouvent parmi les gardes-côtes.

Elles arrivaient presque au pied de la falaise, et jusque-là, aucun danger ne s'était présenté. Rashel examina de nouveau la petite troupe avant de s'apercevoir que Daphné courait derrière elle.

– Tout va bien ?

– Pour le moment, oui. Tu as raison de les encourager comme ça.

– J'essaie surtout de les garder rassemblées pour qu'elles ne me posent plus de problème.

– C'est bien ce que je disais, sourit Daphné.

Le quai arrivait en vue, les bateaux tranquillement amarrés sur des eaux lisses. La lune argentée donnait à la scène des allures de carte postale.

Rashel accéléra de nouveau pour revenir en tête.

– Restez toutes derrière moi, lança-t-elle à Daphné. Je vais vous montrer de quoi je suis capable.

Encore quelques pas entre sable et rochers, et elle débouchait sur l'appontement. Les yeux sur la maisonnette, son poignard sous la main, elle se déplaçait silencieusement afin de pouvoir s'occuper du loup-garou, sans bruit si possible.

C'est alors qu'une silhouette jaillit par la porte, en plein clair de lune. Il lui suffit d'un regard vers Rashel pour reculer en rugissant.

13

Rashel savait qu'elle devait arrêter le garde avant qu'il ne donne l'alerte. Le manoir des vampires se trouvait au bout de la falaise, donnant plutôt sur l'océan que sur le port. Et la musique devait étouffer tous les autres bruits ; mais le danger restait grand que ses habitants finissent par réagir à un signal trop violent.

Elle se jeta sur le loup-garou, le cueillant d'un coup de pied en pleine poitrine, entendit l'air lui sortir des poumons lorsqu'il tomba en arrière. Parfait. Plus de souffle pour hurler. Elle atterrit à genoux sur lui.

– C'est de l'argent, siffla-t-elle en lui plaquant la lame sur la gorge. Pas un bruit, ou tu vas y goûter.

Le poil ébouriffé, l'œil allumé d'une lueur animale, il la trucida du regard.

– Il y a quelqu'un sur les bateaux ?

Comme il ne répondait pas, elle appuya sur la lame.

– Alors ?

Il laissa échapper un « non » étouffé, tandis que ses dents s'allongeaient vertigineusement.

– Ne te transforme pas... commença Rashel.

Ce fut l'instant qu'il choisit pour l'envoyer promener en bondissant brutalement.

D'un coup de poignet, elle aurait pu lui enfoncer la lame dans la gorge, mais elle préféra faire un roulé-boulé en se protégeant la tête pour atterrir sur un genou. Et lorsque le loup-garou sauta sur elle, il fut accueilli par le manche du poignard en pleine mâchoire.

Il retomba en arrière, inconscient.

Dommage, je voulais l'interroger sur ce client. Derrière elle, arrivaient Daphné, Anne-Lise et Nyala, toutes trois armées de pierres ou de morceaux de bois arrachés aux piliers du quai.

Elles étaient prêtes à m'aider. Curieusement, cette pensée réchauffa le cœur de Rashel.

– Bon, se hâta-t-elle de dire. Anne-Lise et Keiko avec moi. Toutes les autres restent ici. Sous ta surveillance, Daphné.

Avec ses deux pilotes, elles eurent tôt fait de visiter les bateaux pour en choisir deux qui paraissaient utilisables... le réservoir plein. Anne-Lise ôta quelques pièces déterminantes sur le moteur des autres embarcations.

– Maintenant, on les désarrime, dit Rashel. Pendant ce temps, tout le monde embarque sur les deux nôtres, se trouve une place et ne bouge plus.

Elle remonta vers les dernières, parmi lesquelles Fayth soutenait deux filles, épouvantées à l'idée de partir sur l'océan.

– Allez, en route !

Elle comptait les faire passer devant elle, comme des poussins protégés par leur mère poule.

C'est alors que cela se produisit.

En elle retentit un signal d'alarme… le léger crissement du sable sur un rocher derrière elle. Et elle se sentit heurtée avec une violence inouïe au milieu du dos ; elle perdit l'équilibre et lâcha son poignard.

Pire, ce fut comme si son esprit partait à la dérive. Elle ne s'y attendait pas. Le signal n'avait pas été assez puissant, comme si elle avait perdu le *zanshin*.

Perdu toute notion de résistance, toute détermination. Il fut un temps où elle avait su se concentrer sur une seule chose à la fois : anéantir les créatures de la nuit. Sans l'ombre d'une hésitation.

Tandis que là… ce soir, elle avait déjà tergiversé deux fois, assommant les deux loups-garous au lieu de les tuer. Elle hésitait trop. Résultat, elle n'était pas prête.

Et, maintenant, je suis morte. Son esprit engourdi tentait désespérément de retrouver un semblant de stratégie.

Mais un grondement féroce lui résonnait dans l'oreille et une douleur intense la tenaillait. Des griffes animales. Il y avait un loup sur elle.

Rudi s'était libéré.

Elle parvint à se rassembler sur elle-même pour l'envoyer promener ; comme il glissait, elle tenta de rouler sur le côté, les bras levés pour protéger sa gorge.

Cependant, le loup-garou était trop lourd… et trop furieux. Il se jeta de nouveau sur elle avec la violence d'un bûcheron sur une ramure, et son museau furetait sur elle, cherchant à lui atteindre le cou. Elle voyait son lourd pelage se hérisser de fureur.

Une violente brûlure lui lacéra les côtes : les griffes venaient de déchirer sa chemise. Mieux valait ne pas y penser, se concentrer sur la défense de sa gorge. Un coude toujours levé, de l'autre main elle cherchait à tâtons son poignard.

En vain. Elle n'avait pas roulé assez loin. Le bout de ses doigts manqua de peu le manche.

Et Rudi le loup lui bouchait la vue de ses crocs acérés, de ses mâchoires noires, de ses yeux jaunes scintillants. Elle grimaça sous l'haleine canine.

Chaque claquement de dents semblait retentir un peu plus près. Il n'avait qu'à lui bloquer les poumons pour l'empêcher de respirer. Elle ne tiendrait pas longtemps.

C'est fini, songea-t-elle. Les filles qui auraient pu l'aider, Daphné, Nyala et Anne-Lise, se trouvaient à l'autre bout du quai ou même déjà sur les bateaux. Quant aux deux dernières, elles avaient sans doute trop peur pour esquisser un geste. Rashel était seule et elle allait bientôt mourir.

Aussi, j'ai été tellement bête ! Ses bras tremblants commençaient à saigner. Elle perdrait vite ses forces. Ce que le loup savait parfaitement.

Alors même qu'elle se disait cela, elle manqua le plus important en cessant de se protéger. Aussitôt, la mâchoire s'ouvrit tout grand et plongea sur elle. Une lueur de triomphe traversa le regard doré. Résignée, elle s'attendit à sentir sa chair s'ouvrir. La plus ancienne façon de mourir.

Désolée, Daphné. Désolée, Nyala. Tâchez de vous en tirer.

Brusquement, tout parut se figer.

Le loup s'arrêta en pleine course, renversa la tête en arrière, le regard soudain fixe, la gueule paralysée, comme sur le point de hurler.

Cependant, il n'en fit rien et s'effondra sur Rashel, lourd et amorphe. Instinctivement, elle se débattit pour se dégager.

Et aperçut son poignard planté à la base du crâne de la bête.

Quinn se tenait debout devant eux.

– Ça va ?

Malgré une respiration un peu hachée, il paraissait calme et ses mèches sombres brillaient à la lune.

Le monde entier parut se rouvrir en frissonnant dans un étrange éclat de lumière. Rashel avait l'impression de bouger au ralenti.

Là-bas, sur le quai, les filles restaient éparpillées, comme figées en pleine course. Certaines se trouvaient déjà sur les ponts, certaines arrivaient dans sa direction. Daphné et Nyala n'étaient qu'à quelques mètres d'elle mais, à la vue de Quinn, elles semblaient comme immobilisées. Une expression d'horreur marquait le visage de Nyala. Elle l'avait reconnu.

Les vagues clapotaient doucement sur le rivage.

C'est le moment de réfléchir. Jamais Rashel ne s'était senti l'esprit aussi aiguisé, aussi universel. Elle avait les mains gelées, l'impression de flotter… mais son esprit était clair.

Tout dépendait de sa façon de réagir.

– Pourquoi as-tu fait ça ? demanda-t-elle à Quinn.

En même temps, elle jetait sur Daphné un regard d'une intensité dont elle ne se serait pas crue capable. L'air de dire : *Partez, toutes !* Si seulement son amie pouvait la comprendre...

– Tu viens de perdre un garde, ajouta-t-elle en se levant.

Arrange-toi pour qu'il te regarde. Continue de remuer. Fais-le parler.

– Il n'était pas doué, commenta Quinn l'air dégoûté.

Va-t'en, Daphné, vite ! Les filles avaient encore leur chance. Aucun autre vampire n'apparaissait sur le chemin. Ce qui signifiait que Rudi avait été soit trop furieux, soit trop lâche pour donner l'alerte générale. C'était l'avantage avec les loups-garous : ils n'agissaient que par impulsions.

Maintenant, le danger, c'était Quinn.

– Comment ça, pas doué ? insista-t-elle. Parce qu'il a gâché la marchandise ?

Elle décolla sa chemise déchirée de sa poitrine.

Renversant la tête en arrière, Quinn éclata de rire. Un rien décontenancée, Rashel n'en profita pas moins pour se déplacer, se retrouver juste devant le loup, la main prête à s'emparer du poignard.

– C'est ça ! hoqueta Quinn avec un sourire amer. Il se croyait tout permis. Tu as failli plonger dans une obscurité fatale, Shelly. Au fait, qu'est-ce que tu faisais avec un poignard d'argent ?

Il ne sait pas qui je suis. Si cette pensée la rassura, elle provoqua également une étrange déception. Il la prenait toujours pour une de ces filles du club, peut-être même pour une chasseuse de vampires, mais pas celle qui comptait, selon son propre aveu, la seule… le Chat.

Il ne s'attend donc pas à ma réaction. Il ne se méfie pas.

Si je peux le tuer d'un coup, avant qu'il ne prévienne les autres vampires, les filles pourront leur échapper.

De nouveau, elle se tourna en direction du quai, dans l'espoir, cette fois, d'y entraîner le regard de Quinn. Mais il ne bougea pas, et ni cette idiote de Daphné ni les autres ne remuèrent davantage.

Ces abruties refusaient de partir sans elle !

C'est maintenant ou jamais.

– Bon, reprit-elle, en tout cas, tu m'as sauvé la vie. Alors, merci.

Les paupières baissées, elle lui tendit la main droite. Quinn parut surpris, mais la prit tout de même.

Tel un serpent, elle attaqua d'un seul mouvement, lui bloquant le poignet tandis que, de la main gauche, elle attrapait le poignard. Ses doigts se refermèrent sur le manche et elle tira. Le fourreau et sa lame d'argent restèrent dans le crâne du loup-garou.

Exactement comme elle l'avait prévu. Ce fut le vrai couteau qui jaillit, la lame de bois.

Quinn tenta bien de la repousser, mais Rashel réagit instinctivement, anticipant chacune de ses attaques sans plus y réfléchir, les bloquant alors même qu'il n'avait fait que les esquisser. Ce qui transforma leur lutte en une sorte de ballet. Plus rapide que la pensée, gracieuse comme une panthère, elle parait tous ses mouvements.

Le *zanshin* dans toute sa splendeur.

Elle finit par l'enjamber et lui pointer le couteau sur la gorge.

Frappe, maintenant, vite !

Elle n'alla pas plus loin.

Il le faut ! Vite, avant qu'il n'appelle les autres. Avant qu'il ne t'assomme par télépathie. Il peut très bien le faire et tu le sais.

Alors pourquoi ne réagit-il pas ?

Quinn demeurait immobile, la chair pâle sous un rayon de lune, le cheveu noir contre le sable.

Des pas retentirent derrière Rashel, accompagnés d'un souffle rapide et léger.

– Daphné, il faut partir maintenant avec ces bateaux. Je reste ici. C'est compris ?

– Mais, Rashel…

– Allez, vite !

Jamais elle ne se serait crue capable d'employer un ton aussi impérieux. Elle entendit le bref soupir de Daphné, son pas qui s'éloignait.

Elle n'avait pas quitté Quinn des yeux.

Comme tout le reste, la lame verte de son couteau était éclairée par la lune et semblait briller d'une lueur liquide. *Lignum vitae,* le bois de la vie… de la mort, pour Quinn. D'un coup léger, elle allait l'enfoncer dans sa gorge. Alors, son cœur s'arrêterait.

– Désolée, murmura-t-elle.

Au moins, c'était sincère. Elle regrettait vraiment de devoir faire ça. Mais c'était pour Nyala, pour les filles qu'il avait enlevées, abusées, martyrisées. Pour sauver toutes celles auxquelles il pourrait encore s'attaquer.

– Tu es un chasseur, dit-elle. Comme moi. On sait comment ça se termine. Tue ou sois tué. C'est notre sort à tous. Tu comprends ?

– Oui.

– Si je ne t'empêche pas de nuire, tu représenteras un éternel danger pour chacun de nous. Je ne peux pas accepter ça, je ne peux pas te laisser faire encore du mal à ces filles.

Elle se rendit compte qu'elle secouait la tête, tant elle voulait lui faire comprendre ses raisons d'agir ainsi. Ses poumons, ses yeux la brûlaient.

– Je ne peux pas...

Quinn ne dit rien, ne lui opposant qu'un regard insondable ; quelques mèches lui dansaient sur le front, mais c'était à peu près la seule trace de son récent combat.

Il ne va pas se défendre, comprit-elle soudain.

Alors, agis vite, sans le faire souffrir. Inutile qu'il sente la lame de bois s'enfoncer dans sa gorge. Prenant le couteau des deux mains, elle le descendit lentement vers son cœur. Il suffirait d'une simple poussée et tout serait fini.

Pour la première fois depuis qu'elle avait tué une créature de la nuit, elle ne prononça par la formule habituelle. En ce moment, elle n'était pas le Chat, elle ne cherchait pas à se venger. Elle ne faisait que rendre service aux humains.

– Désolée, murmura-t-elle encore en fermant les yeux.

Ce fut lui qui murmura :

– Ce chaton a des griffes.

Rashel sentit tous ses muscles se figer.

Rouvrit les paupières.

– Continue, dit Quinn. Tu aurais dû commencer par là.

Il la fixait d'un regard aussi pesant que celui de Fayth, et la lune se reflétait dans ses prunelles.

Il n'avait l'air ni furieux, ni amer, ni moqueur. Juste sérieux, un peu las.

– J'aurais dû me rendre compte avant que c'était toi, la fille de la cave. Je savais que tu n'étais pas comme les autres, mais je n'arrivais pas à saisir en quoi. Au moins, maintenant, j'ai vu ton visage.

Les bras de Rashel ne lui obéissaient plus.

Que lui arrivait-il ? Sa volonté la quittait, son corps s'amollissait et elle se mettait à trembler, irrésistiblement.

– Tout ce que tu as dit était vrai, continua-t-il. C'est comme ça que ça doit finir.

– Oui, articula-t-elle la gorge serrée.

– Il ne reste qu'une autre possibilité, c'est que je te tue moi-même. Mais je ne préfère pas.

Il semblait épuisé… ou écœuré. Il détourna la tête.

– Oui, balbutia encore Rashel.

Comment pouvait-elle le croire ?

– Et puis, maintenant que j'ai vu ton visage, je ne supporte plus de me voir reflété dans tes yeux. Je sais ce que tu penses de moi.

Elle en relâcha sa lame, posa les poings sur le torse de Quinn, pour ne plus regarder qu'en direction d'un buisson sauvage au bord de la falaise.

Elle venait de trahir Nyala, la sœur de Nyala et tant d'autres. Au moment où ils avaient le plus besoin d'elle, elle lâchait prise.

– Je ne peux pas te tuer, murmura-t-elle. Je n'y arrive pas.

Il secoua la tête sans rouvrir les yeux. À tout instant, il pouvait se retourner contre elle, mais n'en fit rien.

– Je te l'ai déjà dit, reprit-il en la regardant soudain. Tu es idiote !

Comme réveillée par cette provocation, elle récupéra le couteau et lui asséna un coup au menton, avec le manche, ainsi qu'elle l'avait fait pour le garde. Il n'ébaucha aucun mouvement pour l'esquiver.

Et perdit connaissance.

Rashel se releva en s'essuyant les joues, inspecta les lieux autour d'elle à la recherche de branches assez solides et assez souples pour le ligoter. Il lui semblait que toute sa vie s'éparpillait en pièces et elle n'y comprenait rien. Au moins pouvait-elle achever ce pour quoi elle était venue.

Agir, voilà de quoi elle avait besoin. Elle réfléchirait plus tard. Il faudrait bien.

Elle jeta un coup d'œil vers le quai.

Incroyable ! Elle avait l'impression qu'une semaine au moins s'était écoulée depuis qu'elle avait crié à la tête de Daphné, et tout le monde était encore là.

Les bateaux étaient là, les filles étaient là, et Daphné courait dans sa direction.

Filant à sa rencontre, Rashel l'attrapa par les épaules, la secoua violemment.

– Fichez-moi le camp, vite ! Qu'est-ce qu'il faut que je fasse pour que tu comprennes, que je te jette à l'eau ?

Les cheveux blonds voletaient autour du regard clair de la jeune fille qui finit par bégayer :

– Mais… tu peux venir avec nous… maintenant !

– Non, je ne peux pas ! J'ai encore des choses à faire !

– Lesquelles ? Tu vas pas les attaquer, quand même ! Tu es dingue ! Ils sont au moins huit ! Sans compter Ivan et Lily, et Dieu sait qui encore ? Tu crois qu'ils vont t'attendre l'un après l'autre bien gentiment ?

– Non. Je n'en sais rien. Mais je n'ai pas besoin de les tuer tous. Si je peux attraper celui qui a organisé tout ça, le client, ça en vaudra la peine.

– Arrête ! s'exclama Daphné, les joues baignées de larmes. Ils vont te tuer… c'est sûr ! Tu es déjà blessée…

– Ça en vaudra la peine, si je peux l'empêcher de recommencer.

Rashel avait dit cela d'une voix presque douce. Elle ne pouvait plus crier, elle n'en avait plus la force.

Cependant, elle parvenait à soutenir le regard de Daphné :

– Maintenant, fais-moi envoyer de la corde pour que je puisse ligoter ces types. Et puis partez. Non, donne-moi cinq minutes pour arriver au sommet de cette falaise. Six minutes. Ainsi, je pourrai les surprendre avant qu'ils ne s'aperçoivent que vous êtes parties.

Maintenant, Daphné pleurait à chaudes larmes. Elle ne put rien répliquer, que Rashel embrayait déjà :

– Fais vite, à l'heure qu'il est, ils peuvent s'apercevoir de quelque chose n'importe quand. Ils vont envoyer quelqu'un à la cave avant minuit. Ça devient une course contre la montre. Je t'en supplie, partez, n'insiste plus.

– Alors, sois au moins prudente, murmura Daphné d'un ton navré.

Elle l'étreignit tendrement.

– On sait toutes que tu fais ça pour nous. Je suis fière d'être ton amie.

Et là-dessus, elle tourna les talons et s'enfuit en criant aux autres d'embarquer.

Peu après elle envoyait deux cordes à Rashel, qui ligota d'abord Quinn, puis le loup-garou.

– Six minutes, répéta-t-elle.

Daphné acquiesça de la tête en ravalant ses sanglots...

Rashel n'avait aucune envie de répondre. Elle détestait les adieux. Même si elle savait très bien qu'elle ne reverrait jamais Daphné.

Sans se retourner, elle s'engagea sur le chemin de la falaise.

14

La première personne que Rashel rencontra dans le manoir fut Ivan.

Elle le dut à une chance insolente, celle-là même qui lui avait permis de s'en sortir vivante jusque-là. Elle s'était glissée à l'intérieur par la porte de la cuisine, restée ouverte après la fuite des filles. Elle écouta un instant la musique qui résonnait encore à l'intérieur de la maison.

Puis elle se dirigea vers la cave... et tomba sur Ivan le Terrible, qui remontait en courant l'escalier.

Il venait de découvrir que ses vingt-quatre belles esclaves avaient disparu. Ses mèches blondes flottaient autour de sa tête affolée, comme pour mieux souligner sa bouche tordue par la fureur. Il tenait le Taser dans une main et des menottes de plastique dans l'autre.

Voyant soudain Rashel apparaître au sommet des marches, il écarquilla les yeux... le temps de recevoir un coup de pied sur le front qui le fit dégringoler jusqu'en bas, où il heurta l'autre porte de bois.

Rashel fonça derrière lui, mais le trouva complètement assommé et s'empara des menottes de plastique.

– C'est quoi, ça ? Tu comptais t'en servir contre les filles ?

Elle les envoya promener d'un coup de pied, puis consulta sa montre. Même pas neuf heures moins le quart. Il devait vouloir les emmener se laver ; car cela semblait un peu tôt pour entamer le festin.

Remontant silencieusement l'escalier, elle ferma sans bruit derrière elle. Maintenant, il ne lui restait qu'à suivre la musique. Elle devait voir où se trouvaient les vampires, comment ils étaient installés, comment elle pourrait s'attaquer à eux. L'idéal serait déjà de savoir où était Lily.

La cuisine donnait sur une grande salle à manger équipée d'un énorme buffet encastré dans le mur, qui avait dû servir à préparer des cochons de lait. Cependant, Rashel imagina avec effroi qu'on pouvait également y allonger une fille comme dans un cercueil d'acajou, les mains liées dans le dos, pour l'offrir en apéritif aux vampires.

Reprenant son inspection des lieux, elle repoussa cette affreuse vision. S'ensuivait un couloir dont l'extrémité donnait sur un salon d'où provenait la musique. Rashel s'y glissa dans l'ombre, s'approchant de la porte du fond ouverte sur un carré de lumière.

Elle s'immobilisa en voyant une silhouette se dessiner sur le sol, se glissa dans l'entrebâillement d'une autre pièce, plongée, elle, dans l'obscurité. Si seulement un ou deux vampires arrivaient à sa portée, elle pourrait les cueillir.

Mais personne ne vint et elle en conclut que c'était sans doute quelqu'un qui n'avait fait que passer devant l'entrée. En même temps, elle prit conscience que la musique était terriblement forte.

En fait, elle se trouvait dans le salon même, ou plutôt un petit salon séparé de l'autre par un gigantesque paravent de bois sculpté, à travers lequel passaient des rayons de lumière.

Rashel glissa le couteau dans sa ceinture, se dirigea vers le paravent et risqua un œil à travers les entrelacs.

L'autre pièce était grande, décorée de façon très masculine, marquetée d'acajou comme la salle à manger, avec un parquet de merisier. Des fenêtres en briques de verre opaques : voilà pourquoi la fuite des filles était passée inaperçue, on ne pouvait rien voir à l'extérieur. Un feu brûlait dans l'énorme cheminée, éclairant la pièce de tons rougeoyants.

Ils étaient tous là, les vampires réunis pour l'orgie sanglante.

Sept des nouveaux vampires les plus puissants. Au contraire des lamies, qui pouvaient à volonté cesser ou continuer de vieillir, ceux-là étaient bloqués à l'âge de leur transformation. Et comme celle-ci était très éprouvante, seuls les corps jeunes pouvaient y résister.

À partir de vingt ans, ils risquaient tout simplement de se consumer, de griller sur place. Donc de mourir.

Si bien que tous les nouveaux vampires ressemblaient à des lycéens.

Et Rashel avait devant elle des êtres évoquant la distribution d'une série télé pour adolescents, sept gamins de toutes les tailles et de toutes les couleurs, mais tous d'une beauté hollywoodienne et vêtus comme des gravures de mode. Ils auraient pu être en train de bavarder d'une partie de pêche ou de préparer une soirée au lycée... si on ne tenait pas compte de leurs regards.

C'était ce qui les trahissait. Des regards d'une profondeur impensable chez des jeunes gens, marqués par l'expérience, le savoir... et une totale froideur.

Certains d'entre eux pouvaient avoir plusieurs centaines d'années. Ils étaient tous impitoyables.

Sinon, ils n'auraient pas été là, prêts dès minuit à tuer chacun trois jeunes filles innocentes.

Ces pensées avaient traversé l'esprit de Rashel en quelques secondes. Elle avait déjà pris sa décision sur la façon dont elle allait attaquer, mais il lui restait un dernier point à éclaircir.

Elle ne voyait que sept vampires, et c'était le huitième qui l'intéressait. Le client. Celui qui avait engagé Quinn et organisé le banquet.

Peut-être s'agissait-il de l'un de ceux-là. Peut-être le grand à la peau noire et à l'air autoritaire. Ou le blond platine à l'étrange sourire…

Non. Aucun n'a l'air de recevoir. Je crois que c'est celui qui n'est pas là.

Sans doute n'aurait-elle pas le temps d'attendre. On commençait à entendre les moteurs des bateaux gronder par-dessus la musique. Elle ferait bien de…

Elle se sentit happée par-derrière. Cette fois, aucun signal d'alarme n'avait retenti en elle, mais cela ne l'étonna qu'à moitié. Elle se trouvait nettement moins bonne combattante qu'elle ne s'était permis de le croire.

Néanmoins, elle tenta de se défendre en commençant par faire le gros dos pour soudain se plier en deux et passer sous ses propres jambes pour attraper son agresseur par la cheville. Elle pourrait ainsi lui faire perdre l'équilibre…

Ne fais pas ça. Je ne veux pas t'assommer, mais je n'hésiterai pas s'il le faut.

Quinn.

Elle reconnaissait la voix mentale et la main qui se plaquait sur sa bouche. Télépathie et contact combinés eurent un effet déterminant sur elle.

Rien à voir avec les éclairs ou les explosions ressenties jusque-là. Elle se sentait submergée par l'idée de Quinn, au point d'avoir l'impression de pénétrer dans son esprit, de sombrer dans le chaos qui l'habitait. Un cataclysme apparemment susceptible de le tuer, aussi bien que n'importe qui d'autre.

Il la poussa hors du salon, l'entraîna dans un escalier. Rashel ne résista pas. Elle essayait de mettre de l'ordre dans ses idées et guettait une occasion.

Cependant, le temps qu'il l'attire dans une chambre et referme derrière lui, elle comprit que l'occasion en question ne se présenterait pas.

Il était trop fort pour elle. Il pouvait la terrasser d'une simple suggestion à l'instant même où elle tenterait de lui échapper. La donne avait changé. Elle n'avait aucune autre issue pour le moment qu'essayer d'affronter la mort aussi calmement que possible. Au moins ne se sentirait-elle plus à ce point éperdue.

Alors qu'il la relâchait, elle se tourna lentement vers lui.

Et ce qu'elle vit lui donna la chair de poule. Il avait le regard aussi sombre et nébuleux que ce chaos où elle le sentait entraîné ; cela faisait encore plus peur que la voracité glacée des sept autres vampires dans le salon d'en bas.

Et voilà qu'il souriait.

D'un sourire apaisant comme un arc-en-ciel. Rashel s'adossa au mur en essayant de se reprendre.

– Donne-moi le couteau.

Elle se contenta de l'interroger du regard. Alors, il se servit en le prenant à sa ceinture. Le jeta sur le lit.

– Je n'aime pas qu'on m'assomme, continua-t-il. Je ne sais pas pourquoi, mais ça me dérange.

– Quinn, ça suffit !

– Il m'a fallu un certain temps pour me libérer. Chaque fois que je te rencontre, je me retrouve ligoté et inconscient. Ça devient une manie, chez toi !

– Quinn... tu es un vampire. Et moi, une chasseuse de vampires. Alors, fais ce que tu as à faire.

– On passe aussi notre temps à se menacer l'un l'autre. Tu n'as pas remarqué ? On ne se balance que des évidences. Tue ou sois tué. Or, tu as supprimé beaucoup de mes frères, Rashel le Chat.

– Et tu as supprimé beaucoup des miens, John Quinn.

Il détourna les yeux, l'air de ne plus voir que du vague, les pupilles dilatées, énormes.

– Moins que tu ne sembles l'imaginer. Je tue rarement pour me nourrir. Mais c'est vrai que j'en ai fait assez. Je t'ai déjà dit que je savais ce que tu penses de moi.

Rashel ne répondit pas. Elle avait trop peur et ne comprenait pas vraiment ce qui se passait ; elle se sentait tellement tendue qu'elle craignait de craquer à tout moment.

– Nous appartenons à deux races différentes qui se haïssent cordialement l'une l'autre, continua-t-il avec un large sourire. On n'y peut rien. À moins, bien sûr, d'y mettre du nôtre.

– Qu'est-ce que tu racontes ?

– Je vais faire de toi un vampire.

Quelque chose céda en Rashel et elle en eut les jambes flageolantes.

Il se moquait d'elle. Il n'en avait aucune intention… pourtant si. Elle le sentait bien. Une sorte de sérénité parcourait les nuages sombres de ses yeux.

Voilà donc comment il croyait résoudre cet insoluble problème. C'était lui qui craquait.

– Tu sais que c'est impossible, murmura-t-elle.

– Bien sûr que non. En fait, c'est même très simple. On n'a qu'à mêler nos sangs. C'est le seul moyen.

Il lui saisit les bras, juste au-dessus du coude.

– Tu ne comprends donc pas ? Tant que tu restes humaine, les lois du Night World disent que tu dois mourir si je t'aime.

Elle en demeura pétrifiée.

Quinn s'interrompit, comme si lui-même était surpris de ce qu'il venait de dire. Puis, il partit d'un grand éclat de rire.

– Si je t'aime, répéta-t-il. Et c'est bien ça, le problème : je t'aime.

Elle dut s'agripper au mur pour ne pas tomber. Impossible de réfléchir davantage, ni même de respirer normalement. Au fond d'elle-même, tout se mettait à trembler.

– Je t'aime depuis le premier soir, Rashel le Chat. Je ne voulais pas l'admettre, mais c'est la vérité.

Il lui tenait toujours les bras et se penchait sur elle, mais son regard restait distant, comme perdu dans le passé.

– Je n'avais jamais rencontré une humaine comme toi, ajouta-t-il doucement. Tu étais forte, et non faible et lamentable comme les autres. Tu ne cherchais pas ta propre destruction. Pourtant, tu étais prête à me laisser partir. Force et compassion. Et...

honneur. Je ne pouvais que t'aimer. Il fallait être fou pour ne pas t'aimer.

La course à l'obscurité... Rashel avait un désir fou de simplement s'effondrer dans ses bras. De tout lâcher. Il était d'une beauté si étrange, la puissance de sa personnalité était si forte...

Et bien sûr, elle l'aimait, elle aussi.

C'était soudain d'une évidence insoutenable. Indéniable. Dès le début, il avait touché en elle une corde sensible que personne, auparavant, n'avait su faire vibrer. Il lui ressemblait tellement, chasseur, combattant. Et puis, lui aussi avait son honneur. Même s'il cherchait à le nier, à l'oublier ; au plus profond de lui-même il restait encore de l'honneur.

Tout comme elle, il connaissait la face sombre de la vie, le chagrin, la violence. Tous deux avaient vu – et commis – des choses que les gens normaux ne pouvaient comprendre.

Normalement, elle aurait dû le haïr... pourtant, tout de suite, elle s'était vue en lui. Elle avait senti le lien, la connexion qui les unissait...

– Non ! s'écria-t-elle en secouant la tête.

Elle devait arrêter de penser à ces choses-là. Elle n'allait pas se noyer dans l'obscurité.

– Tu sais que tu ne peux pas m'arrêter, continua-t-il doucement. Ça devrait te faciliter les choses. Tu n'as même pas besoin de prendre une décision. C'est entièrement moi le responsable. Je suis très, très, méchant, et je vais te transformer en vampire.

Au moins cela rendit-il sa voix à Rashel.

– Comment peux-tu faire ça à quelqu'un que tu aimes ? cracha-t-elle.

– Parce que je ne veux pas que tu meures ! Parce que, tant que tu seras humaine, tu courras le risque de mourir !

Il s'approcha tellement d'elle que leurs fronts faillirent se toucher.

– Si tu me changes en vampire, je me suiciderai, c'est sûr !

– Je ne te laisserai pas te tuer, affirma-t-il entre ses dents.

Cette fois, elle avait les idées claires. Malgré son désir de céder, malgré la tentation de l'obscurité, tout cela disparaissait à l'idée de la fin qui l'attendait. Car elle serait alors un vampire, sa soif de sang la conduirait à accomplir ces actes qui lui faisaient tellement horreur maintenant. Et elle finirait bien par se trouver des excuses. Elle deviendrait un monstre.

Quinn paraissait secoué. Elle lui avait fait peur, elle le lisait dans ses yeux.

– On ne voit plus les choses de la même façon une fois que c'est fait, assura-t-il.

– Non, écoute-moi, Quinn. Si tu me changes en vampire, à l'instant même où je me réveillerai, je me poignarderai avec mon propre couteau. Tu crois que je n'en aurai pas le courage ?

– Tu es trop courageuse, c'est ça l'ennui.

Il avait l'air de perdre les pédales. Son apparente sérénité disparaissait peu à peu, mais cela n'aidait en rien Rashel, car dessous se cachaient une souffrance et une totale incompréhension. Il ne semblait pas voir d'autre solution possible. D'ailleurs, Rashel elle-même n'en voyait pas… du moins, pas d'autre que la mort qui l'attendait ce soir même.

Le visage de Quinn se contracta, il parut chasser quelques doutes.

– Tu t'y habitueras, dit-il amèrement. Tu verras. Allons-y.

Là-dessus, il la mordit.

Il avait agi à une vitesse vertigineuse, après lui avoir tourné la tête avec une précision inéluctable. Sans lui laisser le temps de pousser un cri, il attaqua et elle ne sentit qu'une sorte de piqûre de ces dents de vampire d'une délicatesse et d'un tranchant inconcevables.

Ça y est. Je suis morte.

Un flot de panique l'envahit. Qui n'avait rien à voir avec la mort, pas encore… Elle n'allait pas devenir vampire par un simple mélange de sangs. Non, ce serait une torture lente et savante… des jours de souffrance… de douleur…

Elle attendait la douleur.

Au lieu de quoi, elle ressentit une étrange et douce langueur. Était-il vraiment en train de boire son sang ? Elle ne sentait que la bouche de Quinn dans son cou, comme s'il l'embrassait. Et aussi…

Son esprit.

D'un seul coup, tout explosa, dans une lueur blanche et silencieuse sur laquelle elle se mit à flotter en compagnie de Quinn ; tout brillait autour d'eux, à travers eux, et elle se sentait tellement liée à lui qu'elle eut cette fois l'impression de parfaitement le connaître. De le voir jusqu'au plus profond de son âme, ou de ce qu'on appelait ainsi, de ce qui faisait l'essence même de John Quinn. Ils dérivaient ensemble dans un autre espace-temps, dans une lumière crue qui éclairait impitoyablement les recoins les plus secrets de leurs êtres.

Si on lui avait posé la question, elle aurait dit que c'était abominable et qu'elle ne songeait qu'à s'enfuir.

Pourtant, cela n'avait rien d'abominable. Elle devinait d'effrayants fragments noirs dans l'esprit de Quinn, mais aussi dans le sien. Des fragments tordus, crispés, pleins de haine et de fureur. Cependant, il y avait tellement d'autres parcelles, parfois quasi inexploitées, si belles, si puissantes et intactes. Il y avait un tel potentiel. Des arcs-en-ciel qui ne demandaient qu'à s'étendre, des scintillements qui n'attendaient qu'une source de lumière.

On exige si peu de soi-même, songea-t-elle émerveillée. *Si tout le monde est fait ainsi, ça prouve qu'on ne sait pas se développer harmonieusement. On pourrait faire tellement mieux...*

Je ne veux pas que tu fasses mieux. Tu es déjà extraordinaire telle que tu es.

Quinn. Non pas sa voix, juste... Quinn. Ses pensées. De même, elle sut qu'il captait les siennes sans le moindre effort.

Tu vois ce que je veux dire. C'est trop bizarre. Ça se passe toujours comme ça chez les vampires ?

Je n'ai jamais vu ça de ma vie. C'est la première fois que ça m'arrive, répondit Quinn.

Dans un agréable tournis, elle s'aperçut qu'il ressentait tout cela encore plus fort qu'elle. Entre eux s'était installée une compréhension plus puissante que tout ce que pourrait exprimer le langage.

Elle ignorait ce qui leur arrivait, comment ils se retrouvaient là. Tout ce qu'elle savait, c'était que sous cette lumière crue qui ne leur cachait plus rien, ces petites différences de constitution entre humains et vampires perdaient leur signification. Tous deux étaient des êtres vivants. Des personnes. John Quinn et Rashel Jordan. Des gens qui se débattaient contre la souffrance.

Car la souffrance existait. La conscience de Quinn en était sillonnée ; pas besoin de mots ni d'images à Rashel pour s'en rendre compte ; elle éprouvait les sensations qui avaient tant marqué Quinn.

Ton père… il a fait… il a tué Dove ? Oh, John ! Oh, John ! Je suis désolée. Je ne savais pas.

La lumière prenait des couleurs d'arc-en-ciel quand elle l'appelait John. C'était ce secret qu'il avait le plus réprimé, étranglé au fond de lui même.

Pas étonnant que tu détestes les humains. Après tout ce que tu as vécu, après que ton propre père a voulu ta mort…

Et pas étonnant que tu détestes les vampires, alors qu'ils ont tué quelqu'un de si proche… ta mère ? Alors que tu étais si jeune ! Je… je suis désolé.

Il ne s'exprimait pas aussi facilement qu'elle, mais toute parole était maintenant superflue. Elle sentait son désarroi, sa honte et son désir absolu de la protéger. De même qu'elle sentit son émotion lorsqu'il lui posa cette question :

Qui a fait ça ?

Je ne sais pas. Je ne le saurai sans doute jamais.

Elle n'avait aucune envie de s'étendre sur le sujet. Elle ne voulait pas découvrir la face obscure de Quinn ; sa lumière l'attirait davantage, et elle avait envie de la voir briller au point d'en effacer la noirceur.

Rashel, ce n'est certainement pas possible.

Rien d'amer dans cette pensée de Quinn ; elle était plutôt sérieuse et teintée de gentillesse, marquée d'infinis regrets.

Je ne suis sans doute pas capable de devenir meilleur...

Mais si. Comme tout le monde.

Rashel l'avait interrompu sans hésiter, car elle sentait le froid glacial qui l'habitait jusqu'aux os depuis des siècles, ce froid qu'il avait lui-même laissé entrer.

Je ne te laisserai pas complètement envahir par le froid, ajouta-t-elle.

Là-dessus, elle se mit à l'embrasser mentalement, à le réchauffer, à l'inonder de soleil et de paix.

Arrête, je t'en prie ! Tu vas me tuer.

Il disait cela presque sérieusement. En même temps, il semblait secoué d'un rire nerveux, inextinguible.

Mais Rashel exultait de tout son être. Elle était jeune... étrange qu'elle ne se soit encore jamais sentie jeune de sa vie… elle était amoureuse et plus forte qu'elle ne l'avait jamais été. Elle et John Quinn, le vampire au bord de l'hystérie.

Je vais te guérir, assura-t-elle ravie de le voir oublier soudain toute tristesse. *Tu veux vraiment que j'arrête ?*

Non !

Il paraissait ne pas en revenir.

Non, ça me plaît de mourir comme ça. Mais…

Rashel perdit le fil de sa pensée, alors qu'une nouvelle sensation de froid l'envahissait, comme un courant d'air venu du dehors.

Dehors.

Elle avait oublié qu'il existait un dehors. Là, dans le cocon intime de leurs esprits, rien n'existait qu'elle et Quinn. Comme s'ils étaient seuls au monde.

Mais…

Mais le monde extérieur était bien là. Avec d'autres gens. D'autres événements. Que Rashel devait arrêter…

– Oh, non, Quinn, c'est vrai ! Les vampires…

15

Le son de sa propre voix ramenait Rashel à la réalité.

Elle avait l'impression d'émerger des eaux profondes d'un autre monde, de rentrer dans son corps. Sur le coup, tout ne fut que confusion, au point qu'elle ne savait plus trop qui elle était, où elle était… et puis elle sentit ses bras, ses jambes, aperçut une lumière jaune. Une lampe. Elle se trouvait dans une chambre au premier étage d'un manoir sur une île privée, serrée contre Quinn.

Ils avaient atterri à même le sol, à demi agenouillés contre le mur, s'étreignant l'un l'autre, et elle avait posé la tête sur son épaule. Elle ignorait quand il avait cessé de la mordre, mais aussi combien de temps avait pu s'écouler.

Elle toussa un peu, secouée par ce qui venait de se passer. L'endroit d'où elle provenait, inondé de lumière, lui semblait plus réel que ce dur parquet et ces murs blancs. En même temps, il ne renfermait que sa propre réalité, comme un rêve. Elle ne savait pas s'ils pourraient jamais y retourner.

– Quinn ?

De nouveau Quinn. Plus John.

– Oui.

– Tu sais ce qui s'est passé ? Tu comprends ?

– Je crois que oui, dit-il d'une voix douce. Le mélange de sangs peut renforcer un lien télépathique. D'habitude, quand je me nourrissais, j'ai toujours su le bloquer, mais là…

Il n'acheva pas sa phrase.

– Pourtant, ça s'était déjà produit, objecta-t-elle. Ou quelque chose dans ce genre. La première fois…

– Oui. En effet. Je crois que… qu'il s'agit d'autre chose…

Il préféra continuer par une conversation non verbale :

Une chose qui repose sur le principe des âmes sœurs. Je n'y ai jamais vraiment cru. Je me moquais des gens qui en parlaient. Je n'aurais sûrement pas parié ma vie dessus…

– Qu'est-ce que c'est, Quinn ?

Rashel aussi en avait entendu parler, récemment. Mais ça ne faisait pas partie de son monde, il lui fallait une créature de la nuit pour le lui expliquer.

C'est une idée selon laquelle tout un chacun n'a qu'une âme sœur dans le monde ; si on la rencontre, on la reconnaît immédiatement. Et... voilà, c'est ça.

– Mais ça ne peut pas arriver entre humains et créatures de la nuit, je suppose ?

Il y a des gens qui croient que si... au contraire... particulièrement entre humains et créatures de la nuit. Surtout chez les Redfern.

Il marqua une pause, avant de poursuivre à haute voix :

– J'aurais d'ailleurs des excuses à présenter à certains d'entre eux.

Il en avait l'air tout surpris.

Rashel se redressa, non sans difficulté. Elle n'avait pas envie de se détacher de lui. Au moins ne lui avait-il pas lâché les mains, ce qui l'aida quelque peu.

Il paraissait encore plus décoiffé que sur le quai, l'air hagard. Elle le fixa droit dans les yeux.

– Tu crois qu'on est des âmes sœurs ?

– Tu vois une autre explication ?

– Non... Enfin, tu veux toujours me transformer en vampire ?

Une sorte d'effroi traversa le regard de Quinn, qui se teinta de tristesse, et il appuya le visage sur ses cheveux. Elle le sentit respirer comme s'il venait de recevoir un coup, puis reprendre peu à peu sa maîtrise de soi, récupérant son austère autodiscipline, s'enveloppant de sa rigidité.

– Désolé que tu puisses encore me poser cette question, mais je comprends. Je ne veux pas te transformer en vampire, je veux…

Je veux que tu redeviennes ce que tu étais il y a deux minutes. Cet être joyeux et insouciant…

À croire qu'il venait de perdre un trésor à jamais.

Cependant, Rashel ressentait un bonheur inédit, une confiance nouvelle. Il avait changé. Elle sentait combien il avait déjà changé. Tous deux se retrouvaient dans le monde réel et il ne délirait plus sur le désir de la tuer ou sur son obligation à elle de le tuer.

– Je voulais juste en être sûre, précisa-t-elle en lui passant les bras autour du cou. Je ne sais pas ce qui va arriver… mais tant qu'on se sent bien ensemble, je pense que je pourrai y faire face.

Je crois que désormais on va vivre et mourir ensemble, ajouta simplement Quinn.

Oui, se dit Rashel. Elle percevait encore sa tristesse à lui, son trouble à elle, mais ils étaient bien ensemble. Plus besoin de douter de lui.

Ils se faisaient confiance.

– On doit s'occuper des gens en bas, dit-elle.

– Oui.

– Mais on ne peut pas les tuer.

– Non. Ça suffit comme ça. Il faut que ça s'arrête.

Il avait l'air d'un nageur émergé d'une tempête qui retrouvait la terre ferme.

– Mais on ne peut pas les laisser s'en sortir comme ça, continua-t-elle. Et s'ils recommençaient ? Je veux dire, celui qui a organisé cette orgie sanglante...

D'un seul coup, elle s'aperçut qu'elle avait interrogé tout le monde, sauf lui.

– Quinn. Qui a organisé ça ?

Il lui décocha un sourire désabusé, lointain rappel de son rictus sauvage.

– Je n'en sais rien.

– Comment ça ?

– Un vampire qui avait envie de rassembler les nouveaux vampires. Mais je ne l'ai jamais rencontré. C'était Lily qui se chargeait des relations, et je ne suis pas certain qu'elle sache non plus à qui elle avait affaire. Elle ne lui a parlé qu'au téléphone. Parmi nous, personne n'a jamais posé beaucoup de questions. On faisait ça pour l'argent.

Et pour plonger un peu plus, songea Rashel. Pour te condamner encore davantage.

– En tout cas, reprit-elle, cette personne pourrait s'adresser à n'importe qui d'autre pour lui amener de nouvelles esclaves. Ces sept types pourraient s'offrir un autre festin dès le mois prochain.

– Il faut arrêter ça, convint Quinn. Mais comment s'y prendre sans violence ?

Il étreignait encore les doigts de Rashel, mais son regard s'était perdu dans le lointain, dans de sombres mais propices pensées.

C'était un nouvel aspect de Quinn que Rashel ne connaissait pas encore. Elle l'avait vu à peu près dans tous les états possibles, du désespoir à l'hystérie, mais elle n'avait jamais travaillé avec lui. Et elle se rendait compte qu'elle allait pouvoir compter sur un nouvel allié, et des plus sûrs.

– J'ai trouvé ! dit-il soudain avec un sourire. Là où la violence ne sert à rien, il ne reste que la persuasion.

– Ce n'est pas drôle.

– Qui a dit que ça devrait être drôle ?

– Tu vas leur faire la leçon : « S'il vous plaît, ne tuez plus de jeunes filles » ?

– Je vais leur faire la leçon : « S'il vous plaît, ne tuez plus de jeunes filles, ou je vous dénonce au Conseil. » Écoute, Rashel.

Il la reprit par les bras, les yeux brillants.

– J'ai des relations dans le Night World, tu sais. Je suis l'héritier des Redfern. Sans parler de Hunter Redfern. À nous deux, on peut faire toutes sortes d'ennuis à ces nouveaux vampires.

– Pourtant Fayth, une de mes amies, a dit qu'ils étaient terriblement puissants.

Dans l'enthousiasme du moment, elle faillit ne pas se rendre compte qu'elle avait traité Fayth d'amie.

– Non, répondit Quinn. Tu dois comprendre. Ce ne sont pas des parias, mais des citoyens du Night World. Or, ce qu'ils font est complètement illégal. On ne peut pas tuer comme ça un groupe de filles sans autorisation. L'esclavage est illégal, tout comme les orgies sanglantes. Alors, quelle que soit leur puissance, ils ne peuvent pas se dresser contre le Conseil.

– Mais…

– On peut menacer de les dénoncer au Conseil, mais aussi aux Redfern et aux lamies. Ceux-là, particulièrement, seraient furieux d'apprendre que des nouveaux vampires se permettent de nouer une alliance illicite. Ça deviendrait là une menace de guerre civile.

Ça pourrait marcher, songea-t-elle. Les nouveaux vampires n'étaient que quelques individus, comparés aux familles lamies. Particulièrement à la famille Redfern, le clan le plus ancien et le plus respecté.

– Tout le monde a peur de Hunter Redfern, énonça-t-elle lentement.

– Il a une influence énorme, et possède, pour ainsi dire, le Conseil ; il pourrait les faire bannir du Night World. Je crois que ça les fera réfléchir.

– Tu le considères vraiment comme un père, n'est-ce pas ? Tu as beau dire que tu le détestes… tu le respectes.

– Il n'est pas vraiment mauvais. Il a… le sens de l'honneur. En principe…

Et c'est un puritain, se dit Rashel. Autrement dit, il réprouve le vice. Après un instant de réflexion, elle acquiesça, le cœur battant.

– Essayons la persuasion, dit-elle avec un petit sourire.

Tous deux se levèrent, sans se quitter du regard. *Nous sommes forts,* songea-t-elle. *Et unis. S'il y a quelqu'un qui peut faire ça, c'est bien nous.*

Machinalement, elle récupéra son couteau. C'était une œuvre d'art ; elle ne tenait pas à le perdre.

Ils descendirent l'escalier côte à côte. La musique braillait toujours dans le salon au bout du couloir. Ils ne s'étaient pas éloignés si longtemps que ça, pensa-t-elle. Son monde venait d'être bouleversé, mais ça n'avait pris que quelques minutes.

Maintenant, lui dit silencieusement Quinn, *il ne devrait plus y avoir de danger… je ne crois pas qu'ils seraient assez bêtes pour m'attaquer… mais tiens-toi quand même sur tes gardes.*

Elle fit oui de la tête. Elle se sentait calme, tout à son affaire, parfaitement rationnelle. Plus tard seulement, elle se rendit compte qu'ils s'étaient livrés comme des agneaux dans cet antre de tigres, encore étourdis par leur découverte de l'amour.

Quinn entra le premier et elle entendit les conversations s'interrompre. Puis, à son tour, elle pénétra dans cette salle aux lueurs rougeoyantes et aux ombres qui dansaient sur les murs.

Ils étaient toujours là, ces beaux protagonistes de série télé. Ils considéraient Quinn avec un mélange de surprise et d'intérêt, mais quand ils la virent, elle, leur expression se teinta d'un plaisir inquisiteur.

– Salut, Quinn !

– Bonsoir, Quinn.

– Te voilà enfin, lança le Noir en consultant sa montre. Tu nous as fait assez attendre.

– Arrêtez la musique, dit Quinn.

L'un d'eux s'approcha d'un coffre d'acajou pour éteindre une chaîne luxueuse.

Quinn semblait les examiner l'un après l'autre.

– Campbell, lança-t-il. Radhu. Azarius. Max.

– Ainsi, c'est toi qui nous as fait venir ici, lâcha Campbell le roux. On se demandait…

– Et elle, s'enquit un autre, qui est-ce ? Le premier plat ?

Le sourire un rien féroce de Quinn fit reculer son interlocuteur.

– Non, pas du tout. À vrai dire, je dois vous annoncer que tous les plats ont disparu.

Silence général. Les physionomies se figèrent. Et puis le blond platine laissa tomber :

– Quoi ?

– Elles ont toutes disparu... pffft ! Fini, terminé...

Nouveau silence. Rashel n'aima pas celui-là ; elle était prise d'une drôle d'impression, comme si elle se trouvait non pas face à des gens, mais à des animaux qu'on avait oublié de nourrir.

– Qu'est-ce que tu nous chantes ? s'écria le Noir, dénommé Azarius.

– C'est une plaisanterie ? demanda Campbell.

– Pas du tout. Les filles du banquet sont parties, énonça Quinn, comme s'il parlait à des élèves obtus. Et c'est tant mieux.

– Tant mieux ? Mais on a faim !

– Elles ne doivent pas être bien loin. On est sur une île. Il n'y a qu'à sortir voir...

– Personne ne va nulle part !

Inquiète, Rashel se rapprocha de Quinn. Ces types menaçaient de devenir dangereux. Toutefois, elle lui faisait confiance ; d'ailleurs, elle voyait combien ils avaient peur de lui. Et ça allait empirer dans une minute.

– Écoute, Quinn, si tu nous amenés ici pour…

– Ce n'est pas moi qui vous ai fait venir. En fait, j'ignore qui vous a convoqués, mais ça n'a pas d'importance. Et là, j'ai quelque chose à vous dire, à vous tous : fini les orgies sanglantes, pour toujours. Ceux qui ne sont pas contents n'auront qu'à se plaindre au Conseil.

Personne ne dit plus rien. À l'évidence, ils ne s'attendaient pas à ça.

– En fait, si vous ne voulez pas que le Conseil apprenne cette histoire, je vous recommande de rentrer chez vous bien sagement et d'oublier tout ça. Et de dire que vous avez la migraine, la prochaine fois qu'on vous proposera ce genre de banquet.

Là, s'élevèrent des murmures indignés :

– Espèce de…

Cependant, Rashel commençait à douter. Ces types ne pourraient pas rentrer chez eux si vite que ça, puisqu'ils n'avaient plus de bateaux. À moins que leur hôte n'en amène un en arrivant… s'il arrivait jamais. Mais où se trouvait-il, d'ailleurs ? Et Lily, au fait ?

– Quinn, souffla-t-elle.

Quelqu'un d'autre avait pris la parole.

– Tu nous dénoncerais au Conseil ? insista un grand brun tout en longueur.

– Non, je pousserais Hunter Redfern à vous dénoncer au Conseil. Je ne crois pas que vous y teniez. Il pourrait vous faire du tort. Que tous ceux qui croient que Hunter Redfern les approuverait lèvent le doigt.

– J'ai droit à la parole ?

La voix provenait de l'entrée, plus grave que celles des gamins du salon. Rashel repéra instinctivement le danger et se tourna. Par la suite, il lui sembla que, même avant cela, elle avait identifié le nouveau venu.

Un homme de haute taille à l'allure décontractée, suivi dans l'ombre d'une femme et d'un enfant. La lueur de la cheminée le colorait en rouge, mais Rashel distinguait encore ses cheveux écarlates et ses yeux dorés.

Ambrés comme ceux d'un faucon. Comme ceux de Lily Redfern. Pourquoi ne s'en était-elle pas rendu compte avant ?

Jamais elle n'oublierait ce visage. Il lui revenait chaque jour dans ses rêves. Celui de l'homme qui avait tué sa mère. Qui l'avait pourchassée à travers la structure d'escalade et lui avait promis une glace.

D'un seul coup, elle eut de nouveau cinq ans, elle était faible, minuscule, terrifiée.

– Bonsoir Quinn, lança Hunter Redfern.

Quinn demeurait complètement immobile à côté de Rashel ; elle avait l'impression qu'il ne parvenait même plus à réfléchir. Et elle comprenait pourquoi. Elle l'avait vu dans son esprit ; elle savait ce que Hunter représentait pour lui. De sévères obligations, mais aussi l'honneur. Et soudain, il découvrait que tout ça n'était qu'un mensonge.

– Ne fais pas cette tête, dit Hunter en s'avançant avec un aimable sourire.

Il ne regardait que Quinn, comme s'il n'avait pas encore vu Rashel.

– Il y a une raison à tout ça, ajouta-t-il en désignant les vampires du salon. Nous avons besoin d'alliés au Conseil ; les lamies se relâchent un peu trop. Quand je t'aurai expliqué, tu comprendras.

Exactement comme il lui avait fait comprendre qu'il valait mieux devenir vampire, songea Rashel, ou que les humains étaient leurs ennemis.

Elle tremblait des pieds à la tête et un feu brûlant la consumait de l'intérieur.

– Pour quelle raison fallait-il tuer ma mère ? demanda-t-elle.

Les yeux dorés se posèrent sur elle. Hunter parut à peine surpris, tandis que Quinn sursautait.

– Je n'avais que cinq ans, continua-t-elle, mais je n'ai rien oublié. Vous lui avez cassé les vertèbres et l'avez tuée d'un seul coup. Pourquoi fallait-il tuer Timmy ? Il avait quatre ans, et vous avez bu son sang. Aviez-vous une raison de tuer ma grand-tante ? Vous avez allumé un incendie pour m'avoir, mais c'est elle qui est morte.

Elle s'arrêta, non sans soutenir le regard du prédateur. Voilà douze ans qu'elle le cherchait, et il ne paraissait même pas la reconnaître.

– Qu'est-ce qu'il y a ? Vous avez chassé trop d'enfants pour n'en garder aucun souvenir ? Ou vous êtes assez malade pour croire en votre propre baratin ?

– Rashel… murmura Quinn.

Elle se tourna vers lui :

– J'en suis sûre. C'était lui.

Alors, elle vit son expression se durcir implacablement contre l'homme qui avait fait de lui un Redfern. Ses yeux s'emplirent d'un néant noir et glacial. Ceux qui subissaient ce regard pouvaient en mourir.

Mais elle était dévorée par son propre feu, par son propre désir de vengeance. Si seulement elle pouvait atteindre son couteau à sa ceinture… Elle fit un pas vers Hunter Redfern.

– Vous avez détruit ma vie, et ça ne vous dit rien ?

– Moi, je me rappelle, dit la petite silhouette derrière lui.

Là, le monde de Rashel s'écroula ; elle sentit le sol se dérober sous ses pieds. L'enfant apparut dans la lumière, et elle crut percevoir une odeur de plastique, de vieille chaussette, elle tâta le vinyle sous ses mains. Les souvenirs affluaient tellement vite qu'ils la noyaient.

– Oh, Timmy ! balbutia-t-elle. Ce n'est pas vrai… Timmy !

Il se tenait devant elle, tel qu'elle l'avait vu la dernière fois, douze ans auparavant, avec ses cheveux noirs et ses grands yeux bleus ; seule avait changé son expression, non plus enfantine, mains teintée de lueurs adultes, beaucoup trop adultes.

– Tu m'as laissé tomber, dit Timmy. Sans t'occuper de moi.

Elle se mordit les lèvres, sans parvenir à réprimer ses larmes.

– Désolée…

– Personne s'est occupé de moi, reprit-il en saisissant la manche de Hunter. Pas un humain. Les humains, c'est des vermines.

Il sourit pourtant, exactement comme autrefois.

Hunter prit Quinn à témoin :

– C'est étonnant comme ils apprennent vite. Tu n'as jamais rencontré Timmy, je crois ? Il habitait Las Vegas, mais je pense qu'il pourrait se rendre utile ici.

Ce fut vers Rashel qu'il tourna une physionomie empreinte de pure haine.

– Évidemment, que je me souviens de toi ! Tu as juste un peu changé, tu as vieilli. Tu es différente de nous, vois-tu.

– Tu es faible, intervint Lily.

Elle aussi s'avançait dans la lumière, à côté de son père ; elle le prit par le bras.

– Tu ne vivras pas longtemps. Tu n'es pas très brillante et pas très importante. En un mot, tu n'es rien de plus qu'un… repas.

– Bien dit, railla Hunter.

Il perdit vite son sourire en s'adressant à Quinn :

– Écarte-toi d'elle, mon fils.

Quinn se rapprocha d'elle.

– C'est mon âme sœur, déclara-t-il de sa voix trop douce. Nous allons vivre ensemble.

Hunter Redfern le dévisagea un moment, comme s'il avait du mal à le croire. Mais il se reprit vite.

– Quel dommage !

Derrière Rashel retentirent quelques frémissements, comme si un vent tiède venait de dénoncer sa présence aux lions.

– Tu sais, Quinn, je m'inquiétais vraiment pour toi, enchaîna Hunter. L'été dernier, tu as laissé Ash et ses sœurs pénétrer dans l'enclave. Si tu crois que je ne m'en suis pas aperçu ! Tu t'amollis. Tu te relâches trop depuis quelque temps.

Recule, commanda Quinn à Rashel. Elle obtempéra aussitôt, tandis que les vampires les encerclaient peu à peu, l'air gourmand.

– Et Lily t'a trouvé plutôt bizarre, ces derniers jours… de mauvais poil. Tu avais l'air préoccupé, à cause d'une humaine.

Rashel sortit son couteau. Les vampires l'observaient, tels de grands félins leur proie. Sans désemparer.

– Mais cette idée d'âme sœur, acheva Hunter, c'est le comble. Cette maladie peut faire beaucoup de mal à notre peuple. Tu comprendras pourquoi je dois l'éradiquer.

Il marqua une pause, pour mieux souligner sa sentence :

– Au nom du bon vieux temps, faites vite, messieurs.

Une voix, qui n'appartenait pas à Quinn, ajouta dans l'esprit de Rashel : *je t'avais dit qu'on se reverrait.*

Sur la pointe des pieds, elle laissa ces paroles glisser sur elle et filer. Ce n'était pas le moment de penser à lui. Elle devait se concentrer, déployer son énergie, libérer son esprit. Elle allait libérer le plus grand combat de sa vie, faire appel au *zanshin*.

À peine l'atteignait-elle qu'une petite voix chuchotait la vérité dans son esprit. Il y avait trop de vampires. Même avec Quinn, ils ne pourraient jamais les contenir tous à la fois.

16

Tout combattant sait instinctivement quand il n'a aucune chance de l'emporter. Pourtant, Rashel avait l'intention de se défendre.

C'est alors qu'elle repéra un détail bizarre.

Les vampires auraient dû s'en apercevoir avant elle, ils avaient les sens plus aiguisés. Mais à ce moment, ils étaient trop concentrés sur leurs victimes à venir. Seule Rashel percevait ce qui se passait dehors.

Une odeur, un bruit. L'odeur trop forte, trop proche. Le bruit léger, lointain, mais facile à identifier.

De l'essence. Elle humait l'essence et entendait un petit grésillement, guère plus puissant que le crépitement du feu dans la cheminée du salon... mais qui provenait d'ailleurs, dans la maison.

Ça ne rimait à rien. Elle ne comprenait pas. Pourtant, elle savait qu'elle ne se trompait pas.

– Quinn, prépare-toi à courir, souffla-t-elle.

Il allait se passer quelque chose.

Non, il faut se battre…

Il s'interrompit, car elle venait de se tourner vers la porte.

Hunter Redfern se tenait à l'entrée du salon, mais il y avait quelqu'un dans le couloir. Et ce quelqu'un s'avança, dévoilant son visage à Rashel.

Nyala souriait de toutes ses dents, son petit visage de reine dressé avec fierté, ses yeux noirs brillants d'excitation. Elle brandissait un jerrycan rouge dans une main, un litre de jus de pamplemousse dans l'autre. La bouteille était presque remplie et bouchée par un chiffon inflammable.

De l'essence. Tirée sur la pompe du quai. Un cocktail Molotov made in génération X.

– Il y en a dans toute la maison ! annonça Nyala de sa voix mélodieuse. Des litres et des litres. Dans toutes les chambres, devant toutes les portes.

Elle ne peut pas rester ici ! songea Rashel. *Tout va sauter.*

– Tu vois, Rashel, je suis devenue une vraie chasseuse de vampires. Comme ça, on est sûrs de se débarrasser de tous ceux-là à la fois.

Et la maison qui brûle déjà…

Derrière le paravent sculpté luisait une lumière rougeoyante. Le grésillement qui avait alerté Rashel se faisait plus insistant à présent. Plus proche.

Et tout est en bois. Ce paravent, ce parquet, cette maison à charpente. Un piège mortel pour les vampires.

– Attrapez-la ! ordonna Hunter Redfern.

Mais aucun d'entre eux n'osa s'en prendre à Nyala avec sa bouteille prête à exploser et son jerrycan d'accélérant. En fait, ils reculaient vers les murs du salon.

Hunter fit volte-face pour s'opposer directement à elle.

Tu dois poser ça à terre, ordonna-t-il avec toute son autorité télépathique.

– Nyala, non ! cria Rashel.

Quelque chose parut se déclencher dans l'esprit de la jeune fille. Dans un sourire féroce, elle jeta la bouteille de jus de pamplemousse aux pieds de Hunter.

Dans la foulée, elle envoya également le jerrycan d'un mouvement gracieux vers la cheminée, renversant du liquide au passage sur les vampires qui s'éparpillaient en tout sens pour tenter de s'échapper.

Mais déjà tout explosait, ou plutôt entrait en éruption, comme si un dragon crachait soudain ses flammes à travers le salon.

Rashel ne prit pas le temps de regarder ce qui se passait. Avec Quinn, ils avaient déjà plongé, lui pour protéger Nyala, elle sur Timmy.

Elle ne sut trop pourquoi elle faisait ça. Elle n'y réfléchit même pas. Elle le couvrit alors que le feu se déclenchait derrière elle ; puis elle s'agenouilla, entourant l'enfant de ses bras.

Le salon n'était plus que vacarme, chaleur et affolement. Les vampires s'interpellaient sur tous les tons, couraient partout, se heurtant les uns les autres. Ceux qui avaient été arrosés d'essence se transformèrent en torches et ne purent qu'enflammer leurs voisins en voulant s'enfuir.

– Dehors ! cria Quinn en aidant Rashel à se relever. Je connais un chemin.

Rashel ne vit plus Nyala et, alors que Quinn l'entraînait dans le couloir, elle aperçut une fumée noire qui montait de la salle à manger. Toute la maison n'était plus éclairée que de rouge.

– Allez !

Quinn la poussait devant lui, à travers la fumée. Jusqu'à une pièce envahie de flammes orange.

– Quinn...

Timmy criait et se débattait dans les bras de Rashel. Elle ne lâcha pas prise pour autant.

Elle était obligée de faire confiance à Quinn. Il connaissait la maison.

Elle ne s'était pas rendu compte à quel point l'incendie pouvait ressembler à une bête vivante animée de haine et de violence.

Et il s'étendait à une telle vitesse ! Jamais, elle n'aurait cru qu'il puisse se répandre ainsi, même dans des pièces pleines d'essence. En quelques minutes, c'était tout le manoir qui se transformait en fournaise. Elle ne voyait plus que du feu autour d'elle.

Quinn donnait des coups de pied dans une porte. Une de ses manches brûlait. Rashel se libéra la main pour taper dessus et l'éteindre. Au point qu'elle faillit lâcher Timmy.

Enfin, la porte s'ouvrit et un courant d'air frais appela un cyclone de flammes. Devant courait Rashel, complètement affolée, ne songeant qu'à entraîner Timmy et à suivre Quinn.

Ils étaient dehors. Pourtant, Quinn la projetait sur le sol, la roulait à plusieurs reprises sur le chemin de terre. Elle se rendit alors compte que ses vêtements s'étaient embrasés dans le dos.

Enfin, le mouvement s'arrêta et elle put s'asseoir, essaya de regarder par-dessus son épaule, puis chercha Timmy des yeux.

Allongé sur le sol, l'enfant contemplait l'incendie, les flammes qui sortaient des fenêtres, la fumée qui s'élevait par-dessus le toit dans une lumière donnant l'impression qu'il faisait jour.

– Ça va ? demanda Quinn.

Elle avait le corps baigné d'adrénaline et son cœur battait à tout rompre. Pourtant, elle ne parvenait pas à détacher les yeux de la maison.

Pesamment, elle finit par se relever.

– Nyala est là-dedans ! Il faut que j'aille la chercher.

Quinn la dévisagea comme si elle perdait la tête. Elle ne pouvait s'approcher de ce brasier, qui ne demandait qu'à la dévorer. Mais elle ne pouvait pas non plus y laisser Nyala.

Ce fut lui qui la repoussa brutalement.

– Reste là. J'y vais.

– Non ! Il faut…

– Occupe-toi de Timmy ! Là, regarde, il s'en va !

Elle se retourna, sans trop savoir où pouvait filer Timmy, mais l'enfant s'était relevé et s'en allait en courant. D'abord vers la maison, puis plus loin. Elle le rattrapa, puis revint vers Quinn, pour constater que celui-là avait disparu.

Non… il était là, qui se précipitait vers la maison. Timmy hurlait de nouveau, donnait des coups de pied à Rashel.

– Je te déteste ! criait-il. Lâche-moi. Pourquoi tu m'as emmené ?

Cependant, Quinn ne donnait plus signe de vie et Rashel se prit à implorer le ciel qu'il ne disparaisse pas dans l'incendie. Ses yeux, son nez la piquaient ; elle aurait dû s'éloigner à cause des brandons qui sautaient autour d'eux, mais elle n'y parvenait pas, trop inquiète de ne pas le voir revenir.

– Pourquoi ? Je te déteste ! Pourquoi tu m'as fait sortir ?

Elle jeta un coup d'œil sur l'étrange gamin qu'elle portait dans les bras, qui la mordait et la battait comme s'il ne songeait qu'à retourner dans le manoir en feu. Elle ne savait trop que penser de ce mélange d'enfant, d'adulte et d'animal, semblait-il. Quel avenir pouvait-il espérer ?

Tout ce qu'elle savait, c'était pourquoi elle l'avait tiré de là.

Elle contempla ce petit visage furieux, ces yeux pleins d'agressivité.

– Parce que ma maman m'a dit de m'occuper de toi.

Là-dessus, elle fondit en larmes. Il ne chercha pas à la consoler, mais au moins cessa de la mordre.

Malgré ses sanglots, elle jetait des regards anxieux vers la maison. Tout brûlait. Et Quinn qui ne revenait pas…

Enfin, elle aperçut une silhouette qui se détachait sur les flammes. Deux silhouettes. L'une soutenant l'autre.

– Quinn !

Il courait vers elle, sans lâcher Nyala, tous deux couverts de suie. La jeune fille titubait, riait, le regard lointain.

Rashel se jeta dans leurs bras. Son soulagement était tel qu'il lui parut encore plus insupportable que l'anxiété qui venait de la dévorer, et ses jambes se dérobèrent sous elle, comme si, soudain, elle n'avait plus d'os. Chancelante, elle s'agrippa à lui.

– Tu es vivant... Tu l'as ramenée !

Elle sentit les bras de Quinn la retenir, et rien ne compta plus pour elle.

Cependant, il l'entraînait vers la route.

– Allez, venez ! Il faut arriver au quai avant eux.

Rashel comprit instantanément et, serrant la main de Timmy, elle se mit à dévaler la colline. Elle avait les genoux qui tremblaient mais rien ne pourrait plus l'empêcher d'avancer.

Ils coururent ainsi vers le port, lui aidant Nyala, elle portant Timmy. Elle ignorait combien de vampires s'en étaient sortis, d'ailleurs elle n'en avait vu aucun ; cependant, s'il y en avait un seul, celui-là ne songerait qu'à filer dans cette direction.

Même si, avec Anne-Lise, elles avaient envoyé les bateaux à la dérive.

Pourtant, en vue du quai, elle découvrit quelque chose de nouveau. Un yacht ancré au large.

– C'est celui de Hunter, dit Quinn. Vite.

Ils accélérèrent encore le pas. Rashel ne vit aucune trace du loup-garou qu'elle avait ligoté là. En revanche, un canot rouge était amarré à la jetée.

– Vas-y, descends la première ! lança Quinn.

Rashel déposa Timmy, puis sauta dans le canot. Quinn lui passa ensuite l'enfant, puis aida Nyala à descendre. Celle-ci regardait autour d'elle en riant, s'interrompait pour respirer de grandes goulées d'air. Rashel l'entoura d'un bras lorsque Quinn vint les rejoindre.

À chaque instant, elle s'attendait à voir surgir Hunter, noirci des pieds à la tête, les bras écartés, vociférant comme un démon.

Enfin, le petit moteur se mit en marche et ils s'éloignèrent du quai. Ils quittaient l'île, se dirigeaient vers l'océan, le froid et calme océan, ils se libéraient de la terre et de ses dangers.

Et le yacht de grandir à vue d'œil. Ils arrivaient à sa hauteur. Ils y étaient.

– Allez, on va grimper par l'échelle, le plus vite possible ! dit Quinn.

Elle le reconnaissait à peine, avec son visage barbouillé de suie, totalement concentré sur ce qu'il était en train de faire.

Encore une chance qu'il sache piloter un bateau. Parce que moi, je n'aurais pas su. Elle accepta son aide pour grimper à bord, puis prêta main-forte à Timmy et à Nyala qui ne riait plus du tout, mais regardait autour d'elle, les yeux écarquillés.

– Qu'est-ce qui se passe... qu'est-ce que...

La jeune fille contemplait les falaises orange, les flammes qui s'élevaient dans le ciel.

– C'est moi qui ai fait ça ?

Quinn avait levé l'ancre et se dirigeait vers le cockpit. Timmy pleurait. Agenouillée sur le pont, Rashel aidait Nyala dont les cils étaient brûlés ; les lèvres tremblantes, elle semblait prise de convulsions.

– Il fallait que je le fasse, articula-t-elle d'une voix pâteuse. Tu le sais bien, Rashel.

Timmy ne cessait de sangloter. Le moteur gronda, et d'un seul coup l'embarcation s'élança vers la pleine mer, laissant derrière eux l'île embrasée.

– Il le fallait, répétait Nyala complètement traumatisée. Il le fallait.

Rashel appuya la tête sur la sienne. Le vent les enveloppait de son souffle froid. Elle tenait d'une main le petit vampire, de l'autre la jeune fille frissonnante, et regardait le feu s'éloigner peu à peu, jusqu'à ce qu'il n'évoque plus qu'une étoile sur l'océan.

17

Le yacht de Hunter était plus grand que le bateau à moteur qui avait amené Quinn sur l'île. À l'intérieur étaient aménagés un salon et deux cabines de luxe. On avait installé Timmy dans l'une d'elles et Nyala dans l'autre. Quinn les avait tous deux endormis.

Puis il avait rejoint Rashel dans le cockpit.

– D'après toi, combien, parmi les vampires, s'en sont sortis ? demanda-t-elle.

– Aucune idée. Plusieurs, peut-être.

Il était dégoûtant, couvert de sable et de suie, brûlé çà et là, complètement échevelé. Jamais Rashel ne l'avait trouvé aussi beau.

– Tu as sauvé Nyala, murmura-t-elle. Et je sais que tu l'as fait pour moi.

Toute brutalité oubliée, il la considéra d'un air attendri, et elle lui prit la main.

Elle ne savait comment exprimer le reste de ses pensées, comment lui dire qu'elle savait combien il avait pu changer, qu'il continuait de changer minute après minute. Elle sentait presque son esprit s'ouvrir à elle, redevenir humain.

– Merci, John Quinn, souffla-t-elle.

Il se mit à rire. Non pas d'un rire sauvage ou amer, ni même charmeur, juste authentique. Fatigué, tremblant mais heureux.

– Qu'est-ce que j'aurais pu faire d'autre ?

Il la prit par l'épaule, l'approcha de lui. Aux yeux d'une tierce personne, ils auraient pu passer pour deux réfugiés d'un film catastrophe, mais Rashel ne sentait que son cœur qui exultait. C'était tellement rassurant de pouvoir se serrer contre Quinn, tellement merveilleux de le sentir l'étreindre !

Un sentiment de paix l'envahit.

Pourtant, nombre de difficultés les attendaient encore. Elle le savait. Son esprit commençait à les classer par ordre de priorité. Elle aurait largement de quoi s'inquiéter, le moment venu.

Déjà, Hunter et les autres vampires. Ils pouvaient avoir survécu et décidé de se venger. Quand bien même... Rashel n'avait-elle pas passé toute sa vie à se battre, seule contre le Night World ? Maintenant, elle avait Quinn à ses côtés ; à eux deux, ils pouvaient lutter contre n'importe quoi.

Ensuite, Daphné et les filles. Si Rashel était certaine qu'elles s'en étaient tirées, car elle faisait confiance à Anne-Lise et à Keiko, elle savait aussi qu'une fois rentrées chez elles, le traumatisme serait énorme. Il faudrait leur prêter main-forte, leur apporter l'aide d'une personne capable d'entendre ce qu'elles avaient à proclamer à la face du monde.

Non pas que qui que ce soit risque de croire que de véritables vampires les avaient enlevées, si elles se risquaient à soutenir cette version. La police aurait vite fait de classer l'affaire au dossier des sectes dangereuses. Néanmoins, les filles savaient la vérité. Elles pourraient faire de bonnes recrues pour le combat...

Contre quoi ? Comment Rashel pouvait-elle encore se prétendre chasseuse de vampires ? Comment prétendre jamais détruire le Night World, désormais ?

Où pouvaient se réfugier un vampire prêt à s'amender et une chasseuse repentie qui s'aimaient ?

La réponse semblait pourtant aller de soi. Rashel la connaissait, alors même qu'elle n'avait pas fini de se poser la question. Elle éclata d'un rire silencieux sur l'épaule de Quinn.

Le cercle de l'Aube ! Ils en étaient devenus de fichus affiliés.

Certes, ils n'étaient pas du genre à danser autour d'un feu avec des fleurs dans les cheveux. Mais si le cercle de l'Aube voulait progresser, il devait envisager autre chose que l'amour et l'harmonie.

Il lui fallait un bras armé. Quelqu'un qui puisse résister aux vampires les plus intraitables, ceux qui ne rêvaient que d'anéantir le genre humain. Quelqu'un pour sauver des gens tels que la sœur de Nyala ou des enfants comme Timmy.

D'ailleurs, c'était aussi la place de Nyala et de Timmy. Pour le moment, ils n'avaient besoin que de paix et de stabilité, de personnes capables de comprendre par quoi ils étaient passés. *Qui sait,* songea Rashel, *peut-être que les sorcières pourront quelque chose pour eux ?*

Elle l'espérait bien, car si elle comptait que Nyala s'en sortirait grâce à sa force intérieure, elle n'en était pas aussi sûre pour Timmy. Piégé dans un corps d'enfant de quatre ans, l'esprit bouleversé par tous les mensonges qui avaient dû s'y imprimer, par les inventions de Hunter… comment pourrait-il jamais mener une vie normale ?

Au moins, il était vivant. C'était déjà une chance. Peut-être restait-il quelques parcelles de son esprit encore intactes, qui ne demandaient qu'à se développer ?

Et puis Elliot et Vicky, et les autres chasseurs de vampires, il faudrait leur parler. Il revenait à Rashel d'essayer de leur expliquer ce qu'elle avait appris. Elle ignorait s'ils l'écouteraient. Mais elle allait devoir essayer.

– On peut toujours essayer, murmura-t-elle.

Quinn se pencha vers elle :

– Tu as raison.

Elle s'avisa alors qu'il avait fort bien suivi le fil de ses pensées.

Nos esprits marchent de concert, songea-t-elle. Elle avait trouvé son compagnon, son égal, celui avec qui elle allait vivre et travailler, celui qu'elle aimerait. Son âme sœur.

– Je t'aime, John Quinn.

Ils s'embrassèrent, et elle trouva en lui une tendresse qu'elle ne lui aurait jamais soupçonnée. Cela semblait pourtant logique. Après tout, l'opposé d'une nature impitoyable comme la sienne n'était-il pas justement la tendresse ? Quand on écartait l'une, on trouvait l'autre.

Je me demande ce que je vais encore découvrir chez lui, songea-t-elle éblouie. *En tout cas, ce sera sûrement très intéressant.*

– Je t'aime, Rashel Jordan.

Pas Rashel le Chat. Le Chat était mort, emportant avec lui sa colère et sa haine ; c'était Rashel Jordan, qui entamait une nouvelle vie.

Elle embrassa de nouveau Quinn, et perçut la douceur, le mystère de ses pensées.

– Serre-moi fort, souffla-t-elle. J'ai un peu froid.

– C'est vrai ? Moi qui ai si chaud ! C'est le printemps, demain, tu le sais ?

Tous deux se turent pour mieux se perdre l'un en l'autre. Et le bateau filait au clair de lune à travers l'océan.

IMPRIM'VERT®

Imprimé en France par Corlet Imprimeur
Dépôt légal : mars 2012
N° d'impression : 145662
ISBN : 978-2-7499-1349-0
LAF 1339 B